韓国から見る日本の私小説

安　英　姫［著］
梅澤亜由美［訳］

일본의 사소설 私小說

鼎書房

目　次

目次

日本の私小説と『離れ部屋』

日本語版への序

二〇〇五年、韓国のサルリム出版社から、韓国人読者に日本の私小説を分かりやすく理解できるように書いてくださいという依頼が来た。サルリム出版社は、韓国の他の出版社とは違って、日本の文庫本のように小さく、ページ数も百ページ以上を越えないようにしている。値段も非常に安く、さまざまな教養書籍を出している。そこから、二〇〇六年に拙著『日本の私小説』が出た。このような私の薄い本が、現在のところ韓国で出版された私小説に関する唯一の著書である。私小説は日本独特の文学様式でもあるので、日本ではさまざまな研究書が出ている。それとはあまりに異なっているが、これが韓国の私小説研究の実情である。近代初期の韓国の文学者たちはほとんどが日本に留学しており、日本文学の影響を受けているため、韓国文学の研究者は私小説に関心を持っている。だが、私小説の翻訳も、そして研究書も少ないため、研究がままならないのが現状である。日本に留学し、比較文学を専攻した私が研究をしなければならないという責任を感じている。ただ、『日本の私小説』は日本ではなく、韓国の一般読者向けに書いた書籍であるため、日本の読者や私小説研究者にはあまりにも当然で不足なものだと思われるのではないかという不安もある。しかし、韓国人から見た私小説と、韓国にも私小説と似たような文学様式があるということに注目してほしい。

博士論文では、日韓の近代文体の成立過程について書いた。主に田山花袋、岩野泡鳴、金東仁《キム・ドンイン》の小説をテクストにしたが、田山花袋、岩野泡鳴を論じるに当たって私小説に触れないわけには行かなかった。私の博士論文の出発点は、金東仁の日本語で構想して朝鮮語で書いたという告白から始まった。なぜ、母国語ではなく外国語で書かなければならなかったのか。その背景を調べてみたところ、岩野泡鳴の一元描写があった。私小説の元祖は田山花袋であるが、『蒲団』以後、彼は人の内面に入ることのできない平面描写に移り、それまでのような主人公一人の内面だけを描くことをやめる。結局、私小説は岩野泡鳴の、主人公の内面を緻密に描く一元描写が継承する。日本に留学した金東仁も最初は一元描写で作品を書いていたが、あとには客観描写に移り、私小説の描写方法である一元描写では作品を書かなくなる。結局、近代初期の韓国の代表的な作家たちは私小説を受け入れなかった。もちろん、一九三〇年代の安懐南《アン・フェナム》のように、一部では私小説と一致する所が多い身辺小説を書いた作家たちもいた。しかし、読者は極く一部であり、社会的な注目を浴びることはなかった。それが一九九〇年代に入り、日本の私小説と似たような自伝小説が韓国で出され、大きな反響を及ぼした。近代初期には注目をされなかった私小説が、なぜ、一九九〇年代に注目を浴びるようになったのか。そのほとんどが日本に留学していたにも関わらず、近代初期の作家たちが受け入れなかった私小説、だが、その私小説と似たような自伝小説が留学経験もなく日本とは直接に関係がない九〇年代の韓国の女性作家によって書かれ、また流行したのである。これは非常に面白い現象であるが、社会的な状況と読者にその答えをさがすことが出来る。九〇年代の韓国で私小説のような小説が出たとしたら、その私小説を受け入れる文学的風土が出来たということなのである。本書に収められたもう一つの論文「日本の私小説と『離れ部屋』」は、以上のようなことを問題としている。

最後に、「法政大学大学院私小説研究会」の勝又浩先生に感謝する。勝又浩先生との出会いで、私小説を研究しなければならないという意欲が出た。そして、この本を翻訳してくださった梅澤亜由美さんに感謝する。韓国版は一般人に読みやすくするため、ほとんど注記をつけなかった。それを日本語に翻訳する過程で、一つ一つに注記をつけることになり非常に苦労した。勝又浩先生と「法政大学大学院私小説研究会」の人々との縁がなかったら、拙著が日本語で出版されることはなかったであろう。また、東京大学の図書館に、拙著を配架してくださった菅原克也先生にも感謝する。いつも忙しい母のために、一人でいる時間が多い私の娘にもすまない気持ちを伝えたい。そして、この本を出版してくださった鼎書房にもこの場を借りて感謝申しあげたい。

二〇一〇年九月七日

安　英　姫

日本の私小説

一、現実と虚構の境界を消すフィクション

日本文学の特殊性を論じるとき、必ず登場するのが日本の私小説である。一九二〇年九月「中央公論」に発表された宇野浩二『甘き世の話』の次のような一節は、日本の独特な文学ジャンルである私小説の性格を正確に把握したものだ。

近頃の日本の小説界の一部には不思議な現象があることを賢明な諸君は知つて居らるゝであらう。それは無暗に「私」といふ訳の分らない人物が出て来て、その人間の容貌は無論のこと、職業にしても、性質にしても一向書かれなくて、そんなら何が書いてあるかといふと、妙な感想の様なものばかりが綴られてゐるのだ。気を附けて見ると、どうやらその小説を作つた作者自身が即ちその「私」らしいのである。大抵さう定つてゐるのである。だから「私」の職業は小説家なのである。そして「私」と書いたら小説の署名人を指すことになるのである、といふ不思議な現象を読者も作者も少しも怪しまない。小説家を主人公に使ふことも、「私」を主人公にすることも、悉く少しも排斥すべき事柄ではないが、その為に小説

の主人公の「私」は皆作者その人のことであつて、従つてその小説は悉く実際の出来事のやうに読者がいつとなく考へるやうになつた事は嘆かはしい次第である。(1)

一九二〇年、作中に「私」という人物が登場しさえすれば、その「私」は作品を書いた作家と同一の小説家で、その小説の話は全部実際の事件であるかのように誤解される風潮が一般化されたという事実は注目に値する点だ。このような現象について、伊藤整は〈特に説明なき限り、作中の主人公は作者自らなりと了解されたし、という断り書きを、編集者が見出しの下に書き忘れているのは実に残念なことだ〉と皮肉な言いまわしで言った。(2)これと全く同じ現象が、一九〇七年田山花袋の『蒲団』以来、多くの自然主義作家の作品にも現れているという事実は、私小説が一つの揺るぎない文学伝統として地位を得ていることを物語ってくれる。

日本の近代文学は、数世紀に渡るヨーロッパ文学の歴史を短い時間で消化せねばならなかったため、短期間に多くの文芸思潮の盛衰がおこることは避けられなかった。このような複雑な文芸思潮の変遷の中で、日本の私小説は生命を延長させ今日に至っている。日本近代文学に一貫して流れる内的論理に光をあてようとするとき、私小説の伝統を無視しては何も論じることができない要因はここにある。日本近代文学を最もよく批判した代表的な論文である、小林秀雄の「私小説論」（一九三五年）、中村光夫の『風俗小説論』（一九五〇年）、伊藤整の『小説の方法』（一九七〇年）のような壮大な論文も、私小説に関する周到で綿密な理論的反省を主軸に据えている。近代日本文学論として考えることができる理論的展開は、ほとんど全部ここからはじまったと言ってもいいだろう。日本文学を論じるとき、私小説を置いておくことはできないし、その私小説的伝統を中心に現代文学を眺望する作業は必要不可欠である。

「私小説」という名称での「私」は、日本語で「わたくし」と読ませる。「わたくし」は、「わたし（나）」を低くして、相手に敬意を表す「わたくし（저）」を意味する。つまり、「わたくし小説」という名称では、「一人称形式の語り手」の意味が強調される。しかし必ずしも、一人称がこのジャンルを規定するのではない。私小説は、一般的に作家が自身の私生活をほとんど虚構を混じえずに、忠実に再現した自伝的な散文作品だと言うことができる。

私小説は二〇世紀初頭、日本自然主義を母体として成立した文学ジャンルである。日本自然主義はヨーロッパ自然主義を模範として、真実の忠実な再現と露骨な描写を宣伝文句とした。西欧自然主義は醜悪な社会現実を隠すことなく、ありのままに描く文芸思潮だ。しかし、日本の自然主義では、価値観を排除した無条件の現実描写がありのままの自分を表出するのだという独特な方向に解釈された。西欧自然主義が社会との関係の中で他人と個人をとらえたとすれば、日本の自然主義は社会と遮断された狭い空間で作家の私生活だけを描いた。故に、日本自然主義は政治に対しては徹底して無関心だった。文学の対象は私生活であったし、自然主義の潮流である告白文学が流入するのにしたがって、ジャンルとしての私小説が成立した。告白文学の美的価値は「どれほど正直に告白したか」によって測定された。

日本の私小説は、フィクションを前提とする西洋の小説とは、完全に異なる小説の概念から成立した。私小説は日本の文学者からも、海外の文学研究者からも、近代日本が作り出した独特な文学形態と考えられている。特に、西欧の研究者たちは西洋で見ることのできない独特な文学形態が、どのようにして生まれ、根深く生き残っているのかについて、不思議に思っている。そのため、近代日本のリアリズムは日本文学の特殊な性格だという観点から、日本及び世界の多くの評論家たちによって論議されてきた。このような私小説は、日本文学、文化、伝統、社会構造の中で解明されねばならない。

自身の私生活を忠実に描いた告白小説は一般的な文学様式で、日本文学だけが持つ独特なものではない。それにもかかわらず、なぜ多くの研究者たち及び日本に関心を持つ人々が私小説に注目するのか？　それは私小説が他のどんな国でも見つけることができない独特な文学形態を取っているためだ。日本の私小説はドイツのイッヒロマン、フランスのロマンパーソナル、英国の自伝小説や懺悔録とも違う、日本だけが持つ独特な文学形式だ。

本を書いた作家と作品世界の主人公を同一人物として読むという点で、私小説と自叙伝は同じだと言うことができる。しかし、私小説は小説の範疇に入るのでフィクションが前提になり、自叙伝は事実を根拠として叙述されるので事実が前提になる。自叙伝には本を書いた作家と主人公が同一人物だということが、本の最初にはっきり示されているが、私小説ではこのような前提がない。このような点で、自叙伝と私小説を区別することができる。

一般的に小説はフィクションを前提とする。読者たちは小説を読むとき、虚構を前提として読む。小説が嘘だということは、作家と読者の間の暗黙的な前提であり約束である。言い換えれば、作家が自身の話を書いたとしても、読者たちはそれが自叙伝でなければフィクションと考えて読む。小説を読むとき、作家を小説から排除するのは一般的な小説の読み方であるのに、日本の私小説を読む読者たちは絶えず作家を小説の中で主人公と一致させて読む。これは日本の私小説だけの独特な読み方である。つまり、私小説は「小説はフィクション」であるという概念を転倒させてしまったのであり、私小説の読者は「小説はフィクションではなく事実」だという新しい小説のパラダイムを作った。

現実と虚構の境界を消すフィクションの登場は、私小説作家たちをして現実と虚構を錯覚せしめた。私小説作家は現実を文字に移し換えれば、そのまま小説になると考えたが、現実は「ありのまま」に文字に移し換えることができる、というのは彼らの錯覚である。ジュネットによれば、言語が完全に模倣することができるのは事物ではなくて、その言語と同一な言語だけである[3]。完全な模倣は小説ではなく事物それ自体で、模倣が可能だとしてもそれは不完全な模倣になるしかない。完全な模倣という概念自体が妄想で、小説にあって完全な模倣というのはあり得ないのである。しかし、日本のリアリズムと自然主義によって「現実そのままの完全な再現は可能だ」という認識が形成されたために、日本の私小説というジャンルは成立することができた。

有名な私小説の大部分の素材は、作家自身が経験した実際生活であった。田山花袋（一八七一

～一九三〇年）の『蒲団』は花袋の家に寄宿した女弟子に対する愛欲を、島崎藤村（一八七二～一九四三年）の『新生』は藤村が姪を妊娠させてフランスへ逃避した藤村自身の経験を、太宰治（一九〇九～一九四八年）の『人間失格』『斜陽』などの作品は名家から義絶された息子の、酒とコカイン中毒、途切れることのない女たちとの恋愛、自殺未遂と綴られているが、結局、自殺した彼の生を描いたものだ。彼らの日常生活は決して幸せとは言えなかった。平凡な日常生活から彼らは小説の素材を求めることができなかったため、故意に非日常的な現実を作るしかなかったからだ。そんな作家の非日常性の演出が私小説の材料となったのである。

注（1）宇野浩二『甘き世の話』「中央公論」一九二〇年九月。ただし、引用は『宇野浩二全集』第二巻、一九六八年八月、中央公論社、p.４４２～p.４４３による。

（2）伊藤整「文芸時評」「東京新聞」一九四六年八月九日～一一日。ただし、引用は『伊藤整全集』第一六巻、一九七三年六月、新潮社、p.１５３による。また、『小説の方法』冒頭部において、引用部を含むこの「文芸時評」の一節が伊藤整自身によって引用されている。

（3）ジェラール・ジュネット「ディエゲーシスとミメーシス」『フィギュールII』、一九八九年、書肆風の薔薇、p.64を参照。

二、ありのままという幻想

1、模倣の現実描写方法が私小説を誕生させた

どうすれば非言語的なものを言語的なものに変換することができるか？　どうすれば現実を言語で表象することができるか？　このように「小説をどんな方法で書くか」を論じるのが描写方法である。ミメーシスはプラトンが提起して、アリストテレスによって完成した文学理論の根底にある現実描写方法で、現実を反映するリアリズム論だ。プラトンは、芸術家が〈一方では、人びとに実在の形を見せる姿勢をとりながら、他方では人びとに幻想を抱かせる〉と言った。同時に彼は芸術家を〈一方では実在の認識にかかわっていながら、他方では自分勝手に実在を歪曲してしまう〉模倣者だと認識した。[4] プラトンは芸術家の性格が本質的に二元的だと考えたので、模倣者である芸術家を評価しなかった。この後、理論家たちはこれとは異なり、芸術家を実在の形象を忠実に描き出す鏡の役割をするものとして、肯定的に評価した。プラトンが〈芸術創造の原理は模倣〉であると言って以来、模倣は文芸創作の基本的な原理として見なされ繰り返し論議さ

れてきた。

芸術家は現実と直接向き合うのではなく、ある社会的勢力の構図の中から現実を再構成する。芸術家の再構成を通し、読者は私たちが直面している現実を確かに見ることができるし、このような再構成はその時代の言語とスタイルの特徴に依存している。偉大な芸術家はその時代の言語習慣とスタイルを超越するが、その超越はその時代の慣習の上で可能である。

一時代の生の方式は長い歳月に渡って作られるもので、一時代のスタイルは勝手に作られるわけではない。それにもかかわらず、芸術家はこのような時代的制約を飛び越えようとする。彼らは既存の現実の中から、それを足がかりに新しい現実を創造しようとする。つまり、文学とは言語の文脈と歴史社会的な脈絡を重視し、文学的再現と模倣をもって現実を解析することだ。

文学についての現実描写方法は模倣論に依存する。ランソンは模倣論がギリシャ美学の土台であったし、同様に美学のための最上の土台だったと言った[5]。現実の模倣的再現は、テクストと現実の間に置かれた必然的関係を認定する、西欧批評理論の創始者であるプラトンとアリストテレスの修辞法から由来するものだ。プラトンとアリストテレスは、テクストと現実認識から来る、とてつもなく大きい陥穽を掘っておいたのかもしれない。二人の哲学者は文学は模倣的なものだと言い、ひとえに模倣の構成要素を分析した。二人は自分たちの仮説によって幻想をよく認識したが、同時にそれを非難した。アリストテレスは事件と人物の蓋然性をもって文学を判断し、幻想的装置を使用した演劇より事実主義の演劇を望ましいものとして取り扱った。同じく、プラトンは自身の主張を明白にするために幻想的な神話を使用したが、それもやはり文学の模倣性を強調した。

「現実の全てのものをありのままに描写する」という模倣の描写方法は、とうとう日本のリアリズム文学でも「ありのままに」という錯覚を作り出した。そして、このような描写方法が私小説を誕生させた。

2、西欧自然主義小説から日本自然主義小説へ

歴史的概念から見れば、ヨーロッパ、特にフランスの文芸思潮は古典主義―ロマン主義―リアリズム―自然主義の順序で発展してきた。ヨーロッパで発生したリアリズムは、現実から逃避したり、美化・理想化するロマン主義に対立する形態として現れた。リアリズムは現実を尊重し、主観に基づく改革ではなく、ありのままの現実を描写する方法であった。近代小説の場合、非現実的なものの排除は実証主義と科学の発達に関連がある。リアリズムの次に現れた自然主義は科学的精神に立脚し、事実的な資料を重視した。特に、自然主義の小説家たちは、実証主義に基礎を置いた科学を重視した。彼らは人間が徹底して「遺伝」と「環境」によって支配されると考えた。自然主義文学は人間の実際的な生を尊重して、平凡な庶民生活の現状を小説の中心テーマとしながら冷酷な現実を見せようとした。

一九世紀末に登場した自然主義は、さまざまな国の多様な社会的、文学的土台にしたがってい

ろいろな形態として現れた。自然主義は、特に一九世紀末から二〇世紀はじめに近代文学を確立した文化圏で重要な意味を持つ。

日本の場合を見れば、広義の事実主義は一八七七（明治一〇）年末に現れ、一九〇七（明治四〇）年前後には自然主義が主流になった。日本の自然主義は、西欧の自然主義の独特な解釈によって日本独自のものに発展してきた。代表的な自然主義作家、田山花袋と島崎藤村は内面の欲望に忠実で、自分の私生活だけを問題視して、どこまでも自身にとって真実であることだけを書こうとした。したがって、多くの自然主義小説は、性欲と煩悩に忠実な人間を描くのに没頭し、積極的な社会批判は見えない。結局、日本の自然主義は主人公の内面と煩悩を告白したり、平凡な人生を描写する方法を選ぶようになった。日本において、前者は作家の内面を吐露する告白小説、後者はある事実を忠実に書く客観小説、その二種類に発展した。

日本の自然主義、つまり田山花袋の『蒲団』をはじめ、岩野泡鳴（一八七三～一九二〇年）などの作品では社会との関係の中で闘うのではなく、密閉された部屋で苦悩する人間が描かれる。つまり、日本では現実を描くリアリズム小説ではない、私生活を題材にしながら内面を描く告白小説に発展する。加えて、日本の自然主義は、自身の醜悪な一面を正直に告白し、人間性の真実に忠実であろうとする私小説に発展する。

一方、自然主義小説は韓国に入ってくると、個人の暗い内面世界を告白する小説と植民地時代の困難な生活ぶりを描く、二種類の小説として現れる。前者は個人の内面を刻み込んだ告白小説、後者は社会性が強く現れたリアリズム小説である。韓国ではじめて、西欧の自然主義及び日本の自然主義を受け入れた金東仁《キム・ドンイン》（一九〇〇～一九五一年）は、初期小説で内面をさらけ出す告白小説を書いた。しかし、その後、彼は『じゃがいも』で、植民地という当時の貧しい時代状況を客観的に描く作品世界に到達するようになった。『じゃがいも』以後、金東仁は内面に全く入っていかない、社会性が強いリアリズム小説を書きだす。韓国では私生活を描いた私小説はほとんど登場しなかったし、現実を描いたリアリズム小説が現れた。つまり、韓国での自然主義及びリアリズムは、個人が暗い内面世界を描く告白小説から、社会現実をリアルに描くリアリズム小説に変化してきたのだ。

3、三人称で告白することは可能か

韓・日の近代は、自身の内面を赤裸々に告白する告白小説から始まった、と言うことができる。近代的告白の起源となったルソーの『告白』の冒頭には、〈あなた御自身見られたとおりに、わたしの内部を開いて見せたのです。永遠の存在よ、わたしのまわりに、数かぎりないわたしと同じ人間を集めてください。わたしの告白を彼らが聞くがいいのです〉と書かれている。(6) つまり、作品が隠すもののない告白だということを述べている。西洋で告白は、神に対する人間の信仰心を示すキリスト教の制度だった。西洋の文学は総体的に告白という制度によって形成されたし、キリスト教の影響を受けて成立した。

韓・日の近代の小説家は、自身の内面をさらけ出す新しい形式の告白小説を誕生させた。小林秀雄は〈近代小説は、先づ告白として生れた〉と言い[7]、柄谷行人は〈日本の「近代文学」は告白の形式とともにはじまった〉と述べている[8]。彼らは、近代文学が告白という内容と形式から始まったということをはっきり言っている。

作家の体験と内面を叙述する告白文学は、日記と手紙の形態で以前からすでにあった。それにもかかわらず、近代に入ってきて告白小説が始まったというのは何を意味するのか？　それは新しい告白形式と作品世界の誕生を意味する。代表的な例として、『蒲団』をあげることができる。『蒲団』では絶えず内面を注視している。人間の内面を問題にするこのようなものこそ、近代小説の新しい作品世界だと言うことができる。

秘密であったはずの自身の内面を暴露する告白小説は、私自身について叙述する小説であるため通常一人称で現れた。告白小説は一人称が最も自然であった。なぜなら、〈一人称叙述は、見聞という体験の表出であるため、事実という地平から離陸できない〉ので、虚構性が稀薄であるためだ[9]。しかし、近代の西欧及び韓国と日本の自然主義小説家たちは、以前には不可能に見えた「三人称で自分を叙述する告白言説」に向った。自然主義及びリアリズム文学は、人生の真実を追究し内面の自我を告白しようとするために、告白と深い関連をもっているが、彼らはそれを三人称で行ったのだ。三人称で告白することは可能だろうか？

その答えはキリスト教の告解聖事という制度を見れば分かる。告白と懺悔は、悪いことをした過去の自身と、過去から遠く離れたところで反省する現在の自身が存在している。したがって、罪を犯した過去の自身とその罪を反省し許しを請う現在の自身は、明らかに異なる存在である。例をあげれば、罪を犯した人間において、神に向かって許しを請う現在の「私」は許されるが、罪を犯した過去の「私」は許されない。自身の罪を告白する瞬間、過去の自身はすでに客観化され、三人称となった「彼」になっているのだ。神に告白された「私」はすでに「彼」だ。三人称による告白体小説を試みた近代草創期の文学者たちは、このような告白の原理を理解していたのだ。

4、言文一致は錯覚であり妄想である

私小説論議が現れた時期は文学作品が作家の経験的な、または真実の自己表現であると考えられたときであり、小説言語が作家自身を直接表象することができる透明な媒体だと認識されたときであった。言文一致の理念と実践が標準化され、制度化された一九二〇年代中ごろまで、一般的に言語は現実を直接小説に写すことができる透明な媒体として想定されたのだった。私小説作家のテクストは、作家が実際経験した「事実」を「透明な言文一致の言語」で写したものだという立場が強かった。しかし、「言葉と文字が一致する」という言文一致は、実は不可能だというのが今日の立場だ。日常言語と文章言語は明らかに異なっているため、現実を「透明な」言語で文章の中に写すというのは錯覚であり妄想だからだ。しかし、当時のリアリズム作家と私小説作

家は、「現実をありのままに小説の中にうつし換えることができる」と錯覚していた。

言葉と文字が一致するならば、近代初期の多くの作家たちは言と文が一致する文章を作るために努力しなくてもよかっただろう。しかし、近代初期の韓・日の作家たちは、言文一致の文章を作るために多くの苦痛を味わった。例をあげれば、最初の言文一致体小説である『浮雲』（一八八七～一八八九年）を書いた二葉亭四迷は〈言文一致の文章を作るために、ロシア語で書いて日本語に翻訳した〉と告白したのだったし、(10)韓国で言文一致体の完成者として知られている金東仁も〈日本語で考えて韓国語で文章を書いた〉と言った。(11)彼らは自国にない言文一致体を作るために、言文一致が完成された他の国の言語を参考にせねばならなかった。そして、新しい文章を作るための新しい装置を必要とした。近代の文体である言文一致体は、近代自然主義の作家たちによって完成されたのだった。

韓・日近代自然主義作家たちは、それまで試したことがなかった三人称というものを使用し自身の内面を話した。三人称で叙述する新しい告白言説を作るために、新しい装置が必要だった。三人称による告白小説を制度として定着させるために、近代の小説家たちは推し量ることのできない苦痛を味わった。そして、近代に成立した近代文体は中央集権と国民国家を可能にさせた。言文一致運動によって完成された近代文体である言文一致体は、強力な中央集権と近代国家の成立を可能にさせたのだ。それと同時に、言文一致体は近代的な文体として、新しい思想を表す機能を担うようになった。このような近代文体は、既存の多用な文体を統一することによって可能になったのだった。

韓国語と日本語の伝統的な文章では、主語と人称を表す単語を省略することができて、むしろそのような文体がより自然であった。なぜなら、動詞には発話状況を表す話し手と受け手の人称性が現れるからだ。例をあげると、韓国語や日本語のように尊敬語が発達した言語では、年上と年下に対する動詞が異なってくる。このような言語圏では、動詞と形容詞の活用を最大限にいかしているため、主語と人称を表す単語を省略しても何の支障もない。つまり、伝統的な韓国語と日本語の小説では、動詞の語尾を豊富に活用することによって主語を省略することが可能であった。近代の韓国と日本の小説は、このような動詞と形容詞の多用な変化と活用をなくし、三人称代名詞を補充して文末詞を統一する過程を通して近代化された。そして、このような文体が言文一致体という新しい近代文体として誕生することになる。近代以前までは、各地方で使用されていた方言によって意思疎通が難しかったが、近代文体が完成されるや全国的に使用する標準語が生まれ、中央集権が円滑になった。円滑な中央集権のために、近代国家では全国的に共通した言語が要求されたのだが、このような過程から中央の権力は強化され、支配者と被支配者の位置がより鮮明に現れた。結果的に、近代文体の成立によって、支配者と被支配者、標準語と方言、男性と女性、主体と客体の差異は明白に現れた。

注(4)　米須興文『ミメシスとエクスタシス—文学と批評の原点』一九八四年、勁草書房、p.29によ

る。

（5）ランソンの発言をはじめ、この節はエーリッヒ・アウエルバッハ『ミメーシス』一九七九年、韓国・民音社、金禹昌《キム・ウチャン》他訳を参照している。なお、日本語文献ではちくま学芸文庫版『ミメーシス　上下』一九九四年、篠田一士・川村二郎訳がある。

（6）ルソー『告白』第一巻。引用は岩波文庫版『告白　上』一九六五年、桑原武夫訳、p.11による。

（7）小林秀雄「『ペスト』Ⅰ」「新潮」一九五〇年八月。ただし、引用は『小林秀雄全集』第九巻、二〇〇一年六月、新潮社、p.３４０による。

（8）柄谷行人「告白という制度」『日本近代文学の起源』一九八〇年、講談社。ただし、引用は講談社文芸文庫版『日本近代文学の起源　原本』二〇〇九年、p.１０１による。

（9）三谷邦明『近代小説の〈語り〉と〈言説〉』一九九六年、有精堂、p.49。なお、『日本の私小説』にはもともと五つの注記がついていたが、この注記は原注では（1）にあたる。

（10）日本で口語体小説の試作を最初期に試みた坪内逍遥は、「表現苦時代」（『柿の蔕』一九三三年、中央公論社）という文章の中で、明治二〇年前後における言文一致の草創期を「表現苦時代」と名付けた。逍遥に刺激された二葉亭四迷も、「余が言文一致の由来」（「文章世界」一九〇六年五月）の中で当時の文体では「文章が書けない」と認識し、新しい文体を必要とした。二葉亭は最初に口語体の文章で『浮雲』を執筆したが、小説執筆と実行の問題にぶつかり、

『浮雲』を中絶した。二葉亭四迷は、当時の文体を「あまり自由に使ひこなせない」と回想している。また、内田魯庵は、「二葉亭四迷の一生」（坪内逍遥・内田魯庵共編『二葉亭四迷』一九〇九年、昇風社）で、〈二葉亭の直話に由ると、愈々行詰つて筆が動かなくなると露文で書いてから翻訳したさうだ〉と書いている。

(11) 金東仁「文壇三十年の足跡」金治弘《キム・チホン》編『金東仁評論全集』一九八四年、韓国・三英社、p.434による。

三、私小説の誕生と『蒲団』

1、自然主義から私小説へ

日本で特異なリアリズムの骨格が形成され、文学という観念それ自体が確かな形態を持つようになるのは自然主義の運動からだった。

日本近代文学の成立期は、露日戦争（一九〇四〜一九〇五年）の翌年から大正（一九一二〜一九二六年）初期までだが、その先駆的な活動をしたのが自然主義だった。日本自然主義（Japanese Naturalism）は、青年時代に浪漫的な詩を書いた経験をもつ三〇代の作家たちを中心に起こった文学運動である。この自然主義の運動は、封建的な伝統に対する反抗を基礎に、既存の小説伝統を否定し、「無技巧」「無理想」という客観描写の主張と厳しい自己告白という二つの要素が当初から内在していた。

しかし、当時は天皇制国家権力が徐々に強大になった時期だった。したがって、日本自然主義は旧時代の風習に対する批判が社会との対決という方向に進まず、逆に初期に見えた反抗の情熱が短期間でなくなり、作家の身辺にだけ視野を狭める観照（あるがまま、見るがまま）のリアリズムが主流になった。そして、このようなリアリズムは事実偏重の方法論と相応して、自然主義の文学運動につながり、ついには私小説への道を開いたのだった。

文学史的に見れば、社会性が強い島崎藤村の『破戒』（一九〇六年）が、日本自然主義の幕を開いた。しかし、一年後にセンセーションを起こした田山花袋の『蒲団』（一九〇七年）が、日本自然主義の方向を決定し、私小説のジャンルを切り開いたというのが通説である。『蒲団』をはじめとした日本の自然主義は、事実の忠実な再現と露骨な描写を原則としたのだった。それは個人の真の価値観を反映した小説であるというより、むしろ現実を描写する小説であったし、後に「ありのままの自己表出」という方向へ発展していった。文学を対象として私生活を重視する自然主義の潮流は、日本の独特な告白文学を誕生させ、ジャンルとしての私小説が成立する。

2、現実暴露の悲哀

日本の自然主義は、作家自身の私生活をモデルとして「ありのままの事実を告白した文学が本当の文学」だという風潮を作り出した。長谷川天渓（一八七六～一九四〇年）の「現実暴露の悲哀」（「太陽」一九〇八年一月）と、田山花袋の「露骨なる描写」（「太陽」一九〇四年二月）がその理念の表出であった。長谷川天渓は「現実暴露の悲哀」で、〈其処に偽なき現実を認めたればこそ此れを描け、而も背景は深刻なる悲哀の苦海なり〉と言った[12]し、自然主義者たちはその標題と論旨を喜んで受け入れたのだった。また、田山花袋は「露骨なる描写」で、〈何事も露骨でなければならん、何事も真相でなければならん、何事も自然でなければならん〉と叫んで[13]、事実を赤裸々に告白することを力説したのだった。告白は、話す主体の心情を吐露する文学の原点でもある。その自然主義者たちの意図に、ぴたりとあてはまって現れたのが『蒲団』であった。まるで自身の言葉を証明するかのように、田山花袋の実生活がところどころにさらけ出されている『蒲団』は、日本の自然主義の方向を決定し、他の多くの自然主義作家たちに影響を及ぼすことになった。

『破戒』で社会性が強く現れた小説を書いた島崎藤村は、やはり『蒲団』の影響を受け自伝的な小説を書くようになる。

『蒲団』より一〇年後に出てくる岩野泡鳴の『五部作』も、主人公の大胆な行動を隠すことなく告白している点で『蒲団』の影響が強く感じられる。『蒲団』と『五部作』はともに、妻子ある中年男が若い女性を巡る自分の体験と内面を露骨に暴露した告白小説である。

3、『破戒』と『蒲団』の決闘

『若菜集』(早春に芽生える青菜)という詩集を出版し、抒情詩人としてよく知られていた島崎藤村は小説に方向を転換した。自然主義作家としての彼の誕生を知らせる、記念碑的な作品は『破戒』である。『破戒』は被差別部落出身の青年教師、瀬川丑松が出自の秘密を隠せと言う父親の警告と、自身の出自を堂々と明かし差別と闘っている先輩猪子蓮太郎の生き方の間で葛藤しながらも、同僚と教え子の前で出生の秘密を告白するまでの過程を描いた作品だ。この小説には、部落民差別という重い現実を取り扱った社会小説的な要素と、自己告白的な要素が併存している。『破戒』以後、部落民に関する問題を解決できないまま、藤村は『春』『家』『新生』のような自伝的作品を発表する。『春』は文学仲間の哀歓を自伝的に描いた作品で、『家』は日本の伝統的な家族制度の問題を暴き血統に束縛されて生きていく人間を描いた。『新生』は、自身の姪との恋愛問題を大胆に暴き見せたことによって反響を呼び起こした。

『破戒』が発表された翌年に田山花袋が『蒲団』を書き、その翌年に島崎藤村が『春』を書いたのであるが、この二年間の文学界の動きが日本の近代文学史を決定したのだった。つまり、この期間に出来あがった『破戒』と『蒲団』の決闘で、『蒲団』が完全に勝利したのだった。『春』とそれ以後の作品群は、田山花袋に対しての島崎藤村の降伏状だった。田山花袋の勝利は無慈悲だった。社会的性格が強かった『破戒』の系列は途絶え、作家自身にさえ捨てられ文壇から完全に抹殺されたのだった。反面、社会性を排除し作家の私生活ばかりが描かれた『蒲団』の系列が繁栄し、文壇の主流を形成したのだった。

4、『蒲団』のテクストの特異性——固定された視点

多くの批評家たちは『蒲団』の描写の欠陥について、主人公の竹中時雄の視点だけが描かれ他の人物による視点描写がないことを指摘している。その代表である中村光夫は『風俗小説論』で、

〈登場人物はみな主人公の主観的感慨を支へる道具にすぎないのです。彼等の心理描写がこの小説には一言もないことに注意しませう〉と言っている。[14] 彼はこのような欠陥の要因を、〈作者の主人公に対する態度〉だと見ている。彼は、〈作者と主人公とが同じ平面にゐて、しかも両者の距離がほとんど零に等しいからです。作者は主人公の人物を少しも批評してゐないし、また主人公は作者にもつとも近親な存在だといふ事実にいい気になつて甘えてゐるだけです〉と言う。

ここから具体的に中村光夫が、作家（語り手）と主人公がゼロに近いと指摘した部分を引用してみる。

A．熱い主観の情と冷めたい客観の批判とが絡り合せた糸のやうに固く結び着けられて、一種異様の心の状態を呈した。（p.547）

B．悲しい、実に痛切に悲しい。此の悲哀は華やかな青春の悲哀でもなく、単に男女の恋の上の悲哀でもなく、人生の最奥に秘んで居るある大きな悲哀だ。（p.547）

C．汪然として涙は時雄の鬚面を伝つた。（p.548）

語り手はA、Bでは時雄の内面を、Cでは時雄の外面を見ている視点で叙述している。つまり、語り手の視線が全て時雄に固定されているが、語り手と時雄の距離はおのおの異なる。例をあげると、Aで語り手は時雄とほとんど同一化するほどの近い距離で叙述している。Bは時雄の独白が地の文となっているため、時雄の独白と地の文が融合し一体であるかのように感じられ、語り手と時雄の距離がゼロであるかのような言説になっている。Cの場合、語り手は時雄を客観的に対象化することができる距離で、彼の内面ではない外面を見ている。A、B、Cから分かるように、『蒲団』では主人公に視点が固定され、A、Bのように主にその内面が描かれている。

したがって、『蒲団』は三人称小説でありながらも、常に一人称小説（一人称の主人公の視点）として読まれてきて、それが「主人公（竹中時雄）＝田山花袋」だという読みのコンテクストを作ってきた。これに対して同時代の批評家たちは〈一人称で書く長所と三人称で書く長所とが渾然と一致〉（「写生といふこと」[15]）、あるいは〈一人称に客観的描写を加へ、三人称小説に主観的描写を加へて、打つて一丸と為したやうな文体〉（「小説作法」[16]）のような評価を下した。三人称で叙述されるその中に、一人称描写の手法が加味された『蒲団』の作風は、斬新なものとして認められるようになったのだ。このように『蒲団』は三人称小説であるにもかかわらず、一人称告白小説として受容されてきた。

先の引用部分を例にして中村光夫は、〈主人公が実生活に演じた事件の滑稽さがまつたく作者の眼を逃れて、喜劇の材料が無理押しに悲劇的独白で表現されたところに、我国の私小説が誕生したのです〉と述べる。[17]また、川上美那子は〈主人公竹中の独白に語り手が主情的に重なり、（中略）竹中の内面世界を感傷的に首肯することにとどまった〉と書く。[18]三人称で叙述するのにもかかわらず、一人称告白小説として受容された装置について、川上は〈主人公を対象化して語るべき地の文の内在的な語り手が全く主人公と融合し一体化してしまうところにある〉と言う。[19] 日比嘉高は『蒲団』の叙述方法について、〈三人称でありながら視点を主人公に固定した叙述方法〉と言ったが、[20] このような指摘は『蒲団』が一人称・告白的に受容された要因を説得力をもって説明するものとして、今まで非常に大きな影響力を持ってきた。結局、中村光夫や川上美那子のような語り手と主人公が〈融合し一体化〉するという読み方も、日比嘉高のような〈語り手が物語外の存在で、語りの視点が主人公時雄に固定されている〉という読み方も、[21]『蒲団』の発表後から現在まで一般的である。

5、揺れる視点

実際に『蒲団』には、主人公（時雄）ではない他の登場人物の視点も入っているし、また全知的な立場から主人公を見る語り手の視点もある。

a．芳子は恋人に別れるのが辛かつた。成らうことなら一緒に東京に居て、時々顔をも見、言葉をも交へたかつた。けれど今の際それは出来難いこと、知つて居た。二年、三年、男が同志社を卒業する迄は、たまさかの雁の音信をたよりに、一心不乱に勉強しなければならぬと思つた。（p.559）

b．時雄は夜などをり〳〵芳子を自分の書斎に呼んで、文学の話、小説の話、それから恋の話をすることがある。そして芳子の為めに其の将来の注意を与へた。其の時の態度は公平で、率直で、同情に富んで居て、決して泥酔して厠に寝たり、地上に横はつたりした人とは思はれない。（p.559）

c．時雄の後に、一群の見送人が居た。其の蔭に、柱の傍に、いつ来たか、一箇の古い中折帽を冠つた男が立つて居た。芳子は此を認めて胸を轟かした。父親は不快な感を抱いた。けれど、空想に耽つて立尽した時雄は、其の後に其の男が居るのを夢にも知らなかつた。（p.605）

aで語り手と芳子の視点は、ほとんど一致している。bでは芳子に対する語り手の解釈が見える。cで語り手は、全ての作中人物の内面と外面を見る全知的視点を持っている。詳しく見ると、aで語り手は恋人と一緒にいたいと思う芳子の内面を見ている。

bの時雄が芳子に文学を教える場面で、語り手は時雄の〈其の時の態度は公平で、率直で、同情に富んで居て、決して泥酔して厠に寝たり、地上に横はつたりした人とは思はれない〉のように叙述している。ここには師としての顔と、女弟子に欲望を持つ醜い中年男という、二つの顔を持つ主人公を嘲笑する語り手の解釈が入っている。

最後のcの場面、芳子を田舎に送り返す部分では、語り手は時雄の後ろにいる〈一群の見送人〉と、時雄に見えない〈一箇の古い中折帽を冠つた男〉の存在を見ている。あるいはその男、つまり恋人を発見したときの芳子の内面については、〈芳子は此を認めて胸を轟かした〉と叙述し、その後芳子の父について〈父親は不快な感を抱いた〉と叙述し父親の内面を覗いている。そして、最後の場面〈けれど、空想に耽つて立尽した時雄は、其の後に其の男が居るのを夢にも知らなかつた〉という部分で、その男の存在を知らない時雄を描いている。つまり、語り手は時雄以外にも妻、妻の姉、芳子の内面にも入っていき、また語り手は客観的に対象化することができる距離から時雄を眺めたり自由に動かしたりしている。

6、固定された視点と揺れる視点

『蒲団』は、固定された視点と揺れる視点を同時に持っている。したがって、『蒲団』を批判するにおいて最も堅固な公式——中村光夫が言った作家と主人公の関係で〈両者の距離がほとんど零に等しい〉という見解や、作家は主人公に対して〈彼を超えた立場から批判する自由を奪はれ、たえず主人公の内部に縛られてゐなければならない〉という説[22]を全面的には認めることはできない。高橋敏夫はこれらの説を全面的な誤認だとし、〈物語の語り手は、その書き手である花袋に似た主人公時雄を、ある場合には観念化し、こっけい化し、そして物語のおわり近くで、「批判する自由」の行使などというなまやさしさをはるかにこえた残酷さでひっくりかえしている〉と述べている[23]。

今までの研究は、中村光夫の説に全面的に賛成したり、または全面的に否定したりする立場を取ってきた。『蒲団』に関しては、ある一つのことが正当であるか、断定して言うことはできない。なぜなら、『蒲団』という作品は、A、B、Cのように時雄にだけ固定された視点、そしてそれと同時にa、b、cのように揺れる視点を同時に持っているからである。この二種類の視点を同時に認めない限り、『蒲団』を正当に分析することはできない。基本的に主人公に視点が固定されているが、語り手は場合によって他の作中人物の内面にも視点を割り当てている。『蒲団』の視点は全て権利が作者にある全知的視点でもなく、厳しく制限された主人公一人にだけ固定した視点でもない。『蒲団』は時雄に固定された視点と、時雄から離れ自由に動く視点を同時に持っていて、このような視点が作品内容を決定するようになっている。その上、この揺れる視点の導入は主人公の内面だけを描き、他の登場人物の内面を排除する結果を回避している。結局、この小説において時雄と一対をなす、重要な人物である芳子の内面も排除されずに入ることになっている。

7、中年男の寂しい嫉妬の告白

『蒲団』は、竹中時雄という中年作家の、家に寄宿する女弟子に対する秘密の愛欲を描いている。田山花袋は『蒲団』を書いた後、『東京の三十年』の「私のアンナ・マール」の中で、〈私も苦しい道を歩きたいと思つた。世間に対して戦ふと共に自己に対しても勇敢に戦はうと思つた。かくして置いたもの、壅蔽して置いたもの、それに打明けては自己の精神も破壊されるかと思はれるやうなもの、さういふものをも開いて出して見ようと思つた〉と述べている。[24] それなら『蒲団』では、何が告白されているのか？ まず時雄の告白を見てみる。

次は、時雄が自身の女弟子に恋人ができたというのを知り悩む場面だ。

何をしたか解らん。（中略）手を握つたらう。胸と胸とが相触れたらう。人が見て居ぬ旅籠屋の二階、何を為て居るか解らぬ。汚れる汚れぬのも刹那の間だ。かう思ふと時雄は堪らなくなつた。『監督者の責任にも関する！』と腹の中で絶叫した。（p.542）

この引用では、芳子と田中が何をしたのかについて、関心を持っている時雄を描いている。ここで〈何〉は肉体関係を指し、時雄は芳子の肉体関係について非常にこだわっている。つまり、『蒲団』では、時雄が主体的な存在として行動をするのではなく、周辺的存在になり監督するしかない中年男の悲哀が描かれている。『蒲団』の全編に描かれているのは、時雄自身の行動ではなく、彼の抑制することができない内面から湧きあがる彼の欲望の声だ。

次は、時雄が芳子の不在中に隠しておいた手紙を見つけて、読むことを暴露する場面だ。

余り其の文通の頻繁なのに時雄は芳子の不在を窺つて、監督といふ口実の下に其の良心を抑へて、こつそり机の抽出やら文箱やらをさがした。捜し出した二三通の男の手簡を走り読みに読んだ。

恋人のするやうな甘つたるい言葉は到る処に満ちて居た。けれど時雄はそれ以上にある秘密を捜し出さうと苦心した。接吻の痕、性欲の痕が何処かに顕はれて居りはせぬか。（p.560～p.561）

ここでは芳子の手紙を隠れて読む時雄、そして芳子とその恋人との肉体関係を知ろうとする時雄の内面が描かれている。この部分こそ、恋に落ちた中年男の馬鹿みたいな寂しい嫉妬の告白だ。〈監督といふ口実の下に其の良心を抑へて〉こっそり隠れて手紙を読むという行動、また二人の肉体関係について知ろうとする欲望を持って書くことは自己暴露だ。『蒲団』の最大の目的は、主人公自身の行動や社会との葛藤ではなく、主人公の醜い内面を読者に隠すことなく見せることだ。『蒲団』の面白さは卑怯な主人公の内面で、彼の行動を読者だけが知っていて、他の作中人物たちには分からないようにしていることだ。表面的には、良き夫、良き父、良き師匠としての役割を遂行している時雄は、内面的には絶えず欲望を持っている情けない中年男である。

次の場面は芳子と田中が京都に旅行に行ったのを知り、煩悶する主人公の内面を描いている。

あの男に身を任せて居た位なら、何も其の処女の節操を尊ぶには当らなかつた。自分も大胆に手を出して、性欲の満足を買へば好かつた。かう思ふと、今迄上天の境に置いた美しい芳子は、売女か何ぞのやうに思はれて、其の体は愚か、美しい態度も表情も卑しむ気になつた。で、其の夜は悶え悶えて殆ど眠られなかつた。（中略）其の弱点を利用して、自分の自由にしようかと思つた。（p.594～p.595）

外面的には芳子の愛の監督者であるにもかかわらず、時雄は芳子を美しい女弟子として考えているのではなく、自身の性欲の対象である売春婦として見ている。〈自分も大胆に手を出して、性欲の満足を買へば好かつた〉というのと同様、芳子の弱点、つまり田中との肉体関係を利用して、彼女を自分の女にしようかというありのままの醜い気持ちを、卑俗に大胆に露骨な描写で表している。これは島村抱月の〈肉の人、赤裸々の人間の大胆なる懺悔録〉を思いださせる代表的な部分だ。[25]しかし、外面的には自身の欲望に関して、何の行動も起こさない。懺悔しなければならないことは、自身がした行動に対する反省ではなく、ひとえに内面の罪である。『蒲団』の全編には時雄の抑圧することのできない欲望が告白されている。

8、遮断された部屋で流す悲哀の涙

『蒲団』の最後の場面、芳子の蒲団を広げ、彼女の夜着に顔を埋めて泣く時雄の姿は〈露骨なる描写〉の頂点をなしている。

性欲と悲哀と絶望とが忽ち時雄の胸を襲つた。時雄は其の蒲団を敷き、夜着をかけ、冷めたい汚れた天鵞絨の襟に顔を埋めて泣いた。

薄暗い一室、戸外には風が吹き暴れて居た。（p.606～p.607）

語り手は〈性欲と悲哀と絶望とが忽ち時雄の胸を襲つた〉で時雄の内面を見ているが、次の〈時雄は～泣いた〉では時雄の外面を、〈薄暗い一室、戸外には風が吹き暴れて居た〉では部屋と部屋の外を見ている。語り手の視点は時雄の内面から時雄の部屋へ、部屋から部屋の外へ、じょじょに時雄から遠くなっていく。『蒲団』では、はじめ時雄の内面にあった視点が最後には時雄の内面から完全に遠くなっていく。このような視点の移動、つまり語り手が時雄の内面から外面に視点を移動することによって、時雄は客観化され、彼の行動は諧謔的に描写される。

この部分、つまり芳子が帰った後、彼女の部屋で芳子の蒲団の香りをかいで泣いている主人公の行動からはじめて、芳子に対する愛欲の表現が現れる。時雄は女弟子に愛欲を感じていながらも、彼女に対して愛の表現はもちろん、手を握ることさえできない人間なのだ。時雄は外面的には芳子の師匠であると同時に、温情ある保護者で、芳子の父に対しては分別があり信頼にたる監督者の姿勢を一貫して守っている。内心では、芳子の恋人である田中に嫉妬を感じ、女弟子である芳子に性欲を感じて苦悩する人間である。この涙は、自身の内面を隠し、最後まで外面的には師匠として、温情がある保護者の位置を守り続けた時雄の煩悶が爆発した感情表現であるのだ。

ここで興味あることは、時雄の告白が終わり「彼」という人間が隠すことなくさらけ出されるこの小説の最後の部分が、芳子の部屋の風景になっていることだ。社会から遮断された部屋で、肉体は不在で香りだけが浮かびあがっている。芳子が帰った後、彼女の部屋で流す時雄の涙は対象がない性欲と悲哀と絶望の涙で、決して充たすことのできない男の欲望が表出されている。社会から遮断された部屋の中に閉じ籠もり、対象がない肉体への愛欲が渦巻く中で泣いている時雄の姿は後に自然主義に影響を与えた。ここにあるのは、社会から背を向け遮断された部屋で煩悩する人間像だ。『蒲団』では、社会との関係において闘わず社会に進出せず、遮断された部屋の中で煩悩する人間が描かれる。つまり、日本自然主義は『蒲団』によって、現実を描くリアリズム小説ではなく、私生活を素材としながら内面を描く小説に発展していった。

9、真実の隠蔽手段としての手紙

『蒲団』では、a、b、cのように語り手が時雄にだけ固定されずに、時雄から遠く離れて自由に動く場面もある。揺れ動く視点によって、芳子の内面を見、彼女の告白を聞くことができる。特に、芳子の内面表出、告白の手段としては手紙が使用される。芳子が時雄に送った手紙での視点は芳子にあり、読者はそれによって芳子の内面を見、赤裸々に知ることができる。〈神戸の女学院の生徒で、生れは備中の新見町で、渠の著作の崇拝者で、名を横山芳子といふ女から崇拝の情を以て充された一通の手紙を受取つたのは其の頃であつた〉（p.526）のように、彼女が最初に時雄と師弟関係を結んだのも手紙を通してだった。芳子は一通めの手紙が拒絶されるや、二通め、三通めの手紙を送り〈いかなることがあつても先生の門下生になつて、一生文学に従事したいとの切なる願望〉（p.526）を訴えたので、結局時雄は彼女を弟子にする。これを通して、芳子は手紙で自身の主張を貫く女性として描かれる。

また、注目する点は芳子の場合、告白は主に手紙によってなされている点だ。この場合、手紙の引用という形態で彼女の内面が表現され、語り手は手紙に関しては責任を負わなくてもよいという利点がある。手紙という芳子の立場から叙述することによって、話を支配する語り手はたくみに自分に来るかもしれない非難を回避している。このように芳子の手紙は作品世界の語り手から独立させられている。

芳子が時雄の弟子になって以後、彼女が時雄に内面を吐露した手紙は三通ある。一番めの手紙は芳子の恋人田中が上京したことについて、二番めは田中との関係を認めてくれということを、三番めは田中との肉体関係について書いている。

万一の時にはあの時嵯峨に一緒に参つた友人を証人にして、二人の間が決して汚れた関係の無いことを弁明し、別れて後互ひに感じた二人の恋愛を打明けて、先生にお縋り申して郷里の父母の方へも逐一言つて頂かうと決心して参りました相です。（中略）他人から誤解されるやうなことは致しません。誓つて、決して致しません。（p.541〜p.542）

この手紙では田中を迎えようと新橋に行ったことに対して、〈先生、許して下さい、私は其時刻に迎へに参りましたのです〉（p.540）のように、自分の行為を告白している。その後、前の引用のように、〈二人の間が決して汚れた関係の無いことを弁明し〉、田中との関係が潔白だと主張する。しかし、それが嘘だったということは、三番めの手紙で明らかになる。実際に肉体関係はすでに存在していたが、主人公がそれに気づくのは三番めの手紙に至ってだ。この手紙は他人の言葉を引用する方法を通して、二人の肉体関係が不在であるというテクストを形成している。語り手は手紙という形式を通して、テクストとは異なる視点に立っていて真実を知らないふりをする。ここに手紙というテクストの戦略がある。芳子の手紙は二人の関係を時雄に、父に、そして読者に対して隠蔽する手段でもある。具体的にこの戦略は自身の師匠である時雄を〈神聖な真面目な恋の証人〉（p.541）にさせるため、手紙で〈打明けて願ふ方が得策〉（p.541）だと考えた芳子の策略だ。時雄が二人の愛の証人になることによってその策略は成功するが、それは芳子が真実を歪曲したことによって成功したのだ。

10、告白の手段としての手紙

二番めの手紙で、芳子は田中について行きたいという強い意志を表現している。

先生、私は決心致しました。聖書にも女は親に離れて夫に従ふと御座います通り、私は田中

に従はうと存じます。（p.577）

〈私は決心致しました〉のように、芳子の手紙では、〈私〉の主張が多く見え、父母の反対をはねつけ、自身の愛する人との関係を続けていこうという強い意志が見える。また、〈先生〉と頻繁に呼ぶことによって、〈私〉と〈先生〉という二人の特別な関係を利用して、時雄を自分の身方にしている。三番めの手紙では、自身と田中との肉体関係を告白している。

先生。
私は堕落女学生です。私は先生の御厚意を利用して、先生を欺きました。其の罪はいくらお詫びしても許されませぬほど大きいと思ひます。（p.597）

最初の手紙で芳子は嘘をついても、自分たちの関係を認めてもらおうと思っていて、それが二番めの手紙までは成功していたが、結局芳子は三番めの手紙で真実を告白してしまう。真実を告白しなければならなかったのは、時雄が〈二人の間には神聖の霊の恋のみ成立つて居て、汚い関係は無いであらう〉（p.587）と言うや、芳子の父親が〈でもまァ、其方の関係もあるものとして見なければなりますまい〉（p.587）と言ったのが発端になったからだ。父親の言葉は時雄の認識に影響を及ぼし、具体的な行動を起こす契機となる。父親の言葉は、このテクストにおいて単純な作品世界内での発言以上の作用をしている。父親のセリフの後に、時雄は〈其の身の潔白を証する為めに、其の前後の手紙を見せ給へ〉（p.593）と言うのだ。その言葉を聞いた芳子は顔が赤くなり手紙を燃やしたと弁明するが、強く要求する時雄に前の手紙を書き真実を告白する。結局、父親の言葉を契機に、時雄は彼女を更に疑い、告白を強要することによって彼女の肉体関係について告白を聞く、という行為が発生するのだ。芳子の肉体関係に関する真実は、他者である父の言葉によって事実どおりにさらけだされるに至る。彼女は〈先生に教へて頂いた新しい明治の女子としての務め、それを私は行つて居りませんでした〉（p.597）と言い、真実を告白することによって自身の夢をあきらめなければならなかった。このように告白によって、芳子の夢は挫折し芳子は失敗と挫折を味わう。

芳子の手紙は自身と田中との肉体関係を隠蔽する手段であると同時に、真実の告白手段として使用される。手紙の視点は芳子にある。読者は芳子の話を読み、彼女の内面を見ることになる。ここで芳子の手紙は、芳子と田中の肉体関係を暴露する機能をする。

11、私小説の誕生は作家と読者の責任である

『蒲団』はA、B、Cの視点、つまり時雄にだけ置いた視点と同時に、a、b、cのような視点、つまり時雄以外の人物に置いた視点を同時に持っている。今まではa、b、cの視点を黙殺し、A、B、Cの視点だけを利用してきた。そして、このような批評家と読者の読みの方法が、

『蒲団』を私小説として読む契機となってきた。a、b、cのような視点によって、『蒲団』では芳子の視点に入っていき芳子の内面も表現されることになった。それは芳子の内面を描くことによって、女性の話を排除しないという結果をもたらす。『蒲団』の揺れる視点によって、男性視点だけでなく女性視点にも入っていき、女性の話を描くことができるようになった。近代の話の大部分が男性視点による男性中心の話であるのに比べ、『蒲団』は女性の視点に入っていき女性の話を排除しなかった。それは語り手の揺れる視点によって得られたものだ。

「告白の場にもたれる作家＝主人公」という『蒲団』、及び私小説の読み方は虚構を前提とした小説の概念が転倒していると言われ、その転倒の原因は『蒲団』だと批判されてきた。しかし、それは『蒲団』だけの責任だろうか？　田山花袋は『蒲団』で自分をモデルとして主人公を描いているが、主に主人公の内面に焦点があてられていて、田山花袋とその女弟子の関係を事実として証明する根拠はどこにもない。つまり、『蒲団』が田山花袋の経験をそのまま告白した作品だ、と言える根拠はどこにもないのだ。それにもかかわらず、『蒲団』がいつも「竹中時雄の話＝田山花袋の話」という私小説の議論を作った要因としては、A、B、Cのような語り手の特異性を指摘することができる。結局、「三人称のそれ」でありながらも、いつも「一人称小説（一人称の主人公視点）」の手法が加わっていること、つまり叙述の視点が時雄に固定されていることだ。

しかし、もう一方では一人称ではなく、三人称で書きながら客観性を維持しようという点と、a、b、cで見たような語り手が主人公以外の人物の視点、つまり芳子に固定し彼女の内面を描いている点などは私小説として読むことができない根拠になる。それにもかかわらず、『蒲団』が単に事実の告白として読まれてきたことは、A、B、Cのような叙述それ自体の問題であると同時に、当時の批評家たちの読み方にも問題があったためだ。彼らはa、b、cの読みを排除し、A、B、Cのような読みだけを利用し、実際には田山花袋を主人公に代えて読んだのであったが、このような読みの方法でなかったなら私小説は成立しなかっただろう。同じように『蒲団』の奇妙な叙述がなかったなら、批評家たちはそのような読み方をしなかっただろう。結局、私小説論議は、『蒲団』の叙述方法と批評家たちの読みの方法の合致によって生まれたのであり、それは一人の女性の話という読みの解釈を排除することによって可能になったことなのだ。

【テキストについての説明】
この章における田山花袋『蒲団』の引用は、『定本花袋全集』第一巻、一九九三年四月、臨川書店による。なお、この注記は原注の(2)にあたる。

注(12)　長谷川天渓「現実暴露の悲哀」「太陽」一九〇八年一月。ただし、引用は『明治文学全集43』一九六七年、筑摩書房、p.180による。
(13)　田山花袋「露骨なる描写」「太陽」一九〇四年二月。ただし、引用は『定本花袋全集』第二六巻、一九九五年六月、臨川書店、p.156による。

（14）中村光夫「近代リアリズムの発生」『風俗小説論』「文藝」一九五〇年二月。ただし、引用は『中村光夫全集』第七巻、一九七二年三月、筑摩書房、p.553による。
（15）「写生といふこと」「文章世界」一九〇七年七月、p.45による。
（16）「小説作法」「文章世界」一九〇七年一〇月、p.168による。
（17）中村光夫『風俗小説論』p.559、（14）に同じ。
（18）川上美那子「自然主義小説の表現構造―田山花袋・「重右衛門の最後」から「生」へ」「人文学報」一九八九年三月、p.57による。
（19）川上美那子「自然主義小説の表現構造」p.55、（18）に同じ。
（20）日比嘉高「「蒲団」の読まれ方、あるいは自己表象テクスト誕生期のメディア史」「文学研究論集」14、一九九七年三月。ただし、引用は『〈自己表象〉の文学史―自分を書く小説の登場』二〇〇二年初版、翰林書房、p.85による。
（21）日比嘉高『〈自己表象〉の文学史』p.86、（20）に同じ。
（22）中村光夫『風俗小説論』p.555、（14）に同じ。
（23）高橋敏夫「『蒲団』―〝暴風〟に区切られた物語」「国文学研究」一九八五年一〇月、p.50による。
（24）田山花袋「私のアンナ・マール」『東京の三十年』一九一七年、博文館。ただし、引用は『定本花袋全集』第一五巻、一九九四年六月、臨川書店、p.601による。

(25) 島村抱月「「蒲団」評」「早稲田文学」一九〇七年一〇月。ただし、引用は『明治文学全集43』一九六七年、筑摩書房、p.43による。

四、岩野泡鳴の『五部作』

1、『五部作』の作品世界

『蒲団』は日本自然主義の方向を決定し、他の多くの自然主義作家たちに影響を与えた。『蒲団』の約一〇年後に出た岩野泡鳴（一八七三〜一九二〇年）の『五部作』（一九二〇年）にも、主人公の大胆な行動が隠すことなく告白され、『蒲団』の影響が強く感じられる。『五部作』というのは、「発展」「毒薬を飲む女」「放浪」「断橋」「憑き物」である。『蒲団』は、『五部作』のように、妻子がいる中年男の若い女性をめぐる自分の体験と内面を露骨に打ち明けた告白小説だ。

岩野泡鳴は、第一短篇小説集『耽溺』（一九一〇年五月）の「序に代ふ」に、田山花袋から受けた影響を次のように告白している。

花袋君よ、君に僕の最初の小説集『耽溺』を献じたい。

（中略）

君によつて新傾向に就いたものは、故独歩氏もさうだらう。藤村氏もさうだらう。僕もその一人たるを否まないのである。君は年齢に於て僕の長たると同時に、新らしい学識に於て僕の兄である。君の『露骨なる描写』(太陽掲載)は、僕の『神秘的半獣主義』(単行)に先立つこと二三年、この間に僕は君を知つた。(中略)
不幸にして君と僕とは文芸の実行的性質に就て意見を同じくすることが出来ないが、君とても、主観の力を全没して昔の浅薄な没理想論の程度にとどまるつもりではなからうし、(中略)『耽溺』に至り、計らずも君の『蒲団』と等しい第二の恋を取り扱つたことになり、君も僕の小説に於ける態度を認めて呉れたが、『篠原先生』を君はどう見るか、僕はそれを知りたいのだ。(26)

この序文の終わりには、〈明治四十二年六月廿三日/小樽にて船出を待ちながら〉と付されている。岩野泡鳴が詩人から小説家に転向するとき書いたこの序文は、田山花袋の影響を強く受けた彼がその感化を土台に、小説家として出発した理由を説明している。しかし、一方では〈文芸の実行的性質に就て意見を同じくすることが出来ない〉として、二人の異なる点をはっきり明かしている。『五部作』は岩野泡鳴が自身の私生活をモデルとして、妻と愛人との闘い、事業の失敗など、泡鳴が抱えていた問題の真相を隠さずに描いた「告白的」で「赤裸々」な作品世界であるのだ。『蒲団』を意識しなかったなら、岩野泡鳴の全面的な告白が作品世界となっている『五部作』は現れなかったのだ。

「発展」

『五部作』は、実際岩野泡鳴が、父の死後（一九〇八年五月一〇日）愛人を作って放浪生活をし東京に戻ってくるまでの一年半の間の自己体験を素材にした作品だ。「発展」と「毒薬を飲む女」は東京を舞台にした話で、「放浪」「断橋」「憑き物」は北海道を舞台にした話である。

田村義雄は遺産として譲り受けた父親の下宿屋の仕事を妻の千代子に任せ、自分は家に拘束されずに自由に生きたがっている。商業学校の英語教師でありながら、創作活動もしている義雄は妻と一六年間一緒に暮らし六人の子女もいるが、妻と子どもをかえりみず家に対する愛着もまた全くない。そんな状況で、紀州から来た清水お鳥という女性が下宿をするようになる。妻の千代子とその子どもたちを嫌う義雄はお鳥と深い関係を持つようになり、千代子と離婚しようとするが千代子はこれに応じない。家業を全部妻に任せた義雄は、若い愛人お鳥との関係に耽溺する。義雄とお鳥は東京から遠く離れた温泉に旅行に行く。義雄は小説を書き、単調な生活に厭きたお鳥は先に東京に帰る。一人残った義雄が原稿料をもらい東京に帰ってきたとき、お鳥は性病にかかり苦しみながら治療を受けている。お鳥と妻との面倒な関係から逃げだしたい義雄は、新しい事業に対する夢を持ちサハリンに行こうと決心する。

「毒薬を飲む女」

義雄から性病を移されたお鳥が、妻の千代子に脅迫を受け悪夢にうなされる。この話を聞いた義雄は、執念深い妻の呪詛だと思い妻をだんだん嫌いになる。最初の子どもと三番めの子どもを病気で失った千代子は、また違う子どもが病気にかかり危篤になるや義雄とお鳥の新しい家庭を訪問する。子どもに愛着を持っていない義雄が病院に行ったとき、子どもはすでに死んでいた。義雄は子どもの死は自分と関係ないと言い、子どもの死を悲しみもしない。

ある日、義雄が愛人のお鳥を連れて、音楽鑑賞に行ったとき、突然千代子が現れ騒動を起こす。事態が大きくなるのを恐れ、仕方なく妻と一緒に家に帰ってきた義雄は義母の前で千代子を罵倒し、次の日お鳥のそばに帰ってくる。しかし、ある夜、眠ったふりをする自分に包丁を突きつけて、妻として迎えてくれなければ殺すというお鳥の言葉を聞いた義雄は、小学校の友人である加集に頼み別れようとする。が、加集とお鳥との関係が次第に深くなるにつれて、嫉妬心が燃え上がった義雄は加集に自分がお鳥と関係を絶つと言い、お鳥に訣別を宣言する。彼はお鳥がすがるのを振り切り家へ帰ってくるが、彼女が気にかかりもう一度お鳥のもとに戻る。義雄が心配していたように、お鳥は毒薬を飲もうとしていて、義雄はお鳥がまだ自分を愛しているというのを確認する。そして、お鳥の白い皮膚が惜しいという考えが起こり、後に来た加集と争いお鳥との関係を回復し、彼女を看護する。義雄がサハリンに行く日、お鳥が上野で彼を見送る場面で作品は終わる。

「放浪」
三ヶ月間、サハリンで手がけた事業の失敗ですっからかんになった義雄は、一人札幌駅に到着し放浪生活をはじめる。義雄は小樽で他の事業の活路を探せば、事業回復の資金を調達し、サハリンでの失敗を回復できるかもしれないと考えた。

彼が泊まったところは、明治学院の友人でもあり、札幌女学校の国語と漢文の教師である有馬勇の家だった。一方、東京にある義雄の家は事業資金として抵当にとられ、お鳥からは金を送ってくれないのを怨んでいる手紙が来る。そのとき、義雄は北海道実業雑誌の主幹を受け持っている独身の氷峰の家に世話になり、生活費を稼ぐために氷峰から依頼された雑誌の原稿を書いたりもする。しかし、サハリンでの残りの事業も失敗し、氷峰が引っ越さねばならなくなったため、結局義雄は有馬の家に行き彼の世話になるしかなかった。

北海道の事業に失敗し、有馬との関係も悪くなった義雄は帰郷する決心をする。しかし、事業の失敗で心を傷めた義雄は孤独な心をなぐさめてくれ、温かく迎えてくれた飲み屋の女、敷島におぼれる。彼は彼女との愛によって自分の思想を実現できるのだと思い、よって東京に帰って行かずに放浪を続けてもよいと考える。しかし、ある日、敷島は金持ちの他の客たちの部屋に行ってしまい、義雄は部屋に一人残ることになる。横の部屋で客たちと芸者が遊ぶ声を聞きながら、義雄は眠りにつけずに深い孤独を感じる。

「断橋」

北海道の遊郭の遊女、敷島との恋愛とその結末が描かれる「断橋」は、「放浪」と「憑き物」の中間の話に該当する。「断橋」は「放浪」後半の余韻が残っている続編で、特に敷島が先に来た客に接待することに関する義雄の不満とこれによる孤独、北海道巡礼から来る孤独な放浪者の悲哀が写実的に描かれている。「断橋」は北海道にある神居古潭の絶壁にかかっている橋で、「橋を支えている針がねが切れるのではないか」と言って不安になる義雄の姿と、北海道で難関に行きあたった義雄の姿が重なっている。

札幌での義雄の生活も秋に差しかかり、敷島との愛も終わろうとしている。彼は芸術と事業の全てのことを失った自分の状況を思い涙を流して、そのような自己憐憫を振り切るために道庁から支援された公費で北海道旅行をすることになる。北海道旅行は、計画が全て挫折に終わった彼の最後の希望だった。彼は北海道の原始林へ向かって旅行を続けた。途中でお鳥から青森へ迎えに来てくれという連絡が来る。一緒に旅行に立った一行は先に北海道に戻っていき、一人旅をする義雄の孤独感は雄大な北海道の原始林を旅行しながら極に達した。旅行を終え、札幌にある有馬の家に戻っていくとお鳥が待っていた。お鳥は入院費用をくれとせがむ。彼は友である遠藤に借りた金で彼女を入院させ、病院の近くの下宿部屋に移る。札幌まで来て入院したお鳥は、経済的にも精神的にも義雄を苦しめる。義雄は敷島に会いにいったが、お鳥と同様、愛がなくなったのを確認する。義雄は孤独な放浪者になったのを痛切に感じる。

「憑き物」

「憑き物」は、『五部作』の終わりに該当する。義雄は、事業の失敗と自分の後を追ってきた愛人との終わりのない闘いに疲れていた。そのとき、伊藤博文がハルピンで韓国人に暗殺されたという号外に接する。義雄は自分の独尊自我説の体現者として、伊藤を尊敬した。義雄は友人が教えていた中学校で、演説する機会を得、伊藤の略歴でもってはじめ、自身の思想を話す。しかし、演説は失敗し義雄は笑いものになる。怒った義雄は、演説をやめて飛び出す。お鳥は、義雄は精神がおかしいという噂を氷峰に聞いて泣く。義雄は、彼女に自分に対する最後の愛情が残っているのを確認する。一〇月末に雪が降り、慢性化しよくならないお鳥の病は彼女をヒステリックにさせる。一緒に死のうという彼女の提案に、二人は死ぬ場所を探す。二人は橋の一つを死ぬ場所に決め一緒に抱き合い闇の中へ飛びこむが、橋の下は水の代わりに固くなった雪だけだった。死ぬことができずに家に帰ってきた義雄は、夜通し自身の生の哲学を書く。義雄は、お鳥と別れることを憑き物が落ちて出ていったのである、と気楽に思う。

2、『五部作』の改作過程

「発展」は父の死から来る孤独な義雄の内面と崩壊する家の姿を、「毒薬を飲む女」は妻と愛人との三角関係及び愛憎関係に苦悩する義雄の内面を、「放浪」は札幌を背景に事業に失敗した放浪者の不安、苦痛、寂しさを描いている。また、「断橋」には雄大な北海道を旅行しながら、人間世界から遠くなり自然の奥地で感じる孤独な悲哀が、「憑き物」では情婦お鳥と自殺未遂に至るまでの義雄の内面が現れている。つまり、『五部作』では、東京からサハリン、北海道に渡りもう一度東京に戻ってくるまでの義雄の内面で起こった変化が主に扱われている。

『五部作』初出は、「放浪」（一九一〇年）、「断橋」（一九一一年）、「発展」（一九一一年）、「毒薬を飲む女」（一九一四年）、「憑き物」（一九一八年）の順序で発表された。これらの短篇は一九一九年七月新潮社から改作版『五部作』として出版され、「発展」「毒薬を飲む女」「放浪」「断橋」「憑き物」の順序で整理された。

次は『五部作』の成立過程である。

1. 「放浪」：一九一〇年七月に初出発表、一九一九年七月に改訂版出版
2. 「断橋」：一九一一年一月「毎日電報」に連載したが、同年三月一日新聞社が「東京日日新聞」に買収されたことによって三月二日から「東京日日新聞」に連載、三月一六日に六〇回で終了。一九一九年九月単行本出版。
3. 「発展」：一九一一年一二月一六日から「大阪新報」に掲載され、一九一二年三月二五日一〇〇回で終了。一九一二年七月に出版されるが販売禁止。一九二〇年七月に改作・削除され出版。
4. 「毒薬を飲む女」：一九一四年六月「中央公論」に発表、一二月に単行本上巻、翌年二月下

巻出版。

5・「憑き物」：「断橋」の最後の部分を添加し「寝雪」（「新小説」一九一二年五月～一九一二年七月）、「川本氏」（「趣味」一九一〇年一月）、「憑き物」（「新潮」一九一八年五月）の三篇を順序通り集め補完・改訂。一九二〇年五月出版。

岩野泡鳴は、一九一〇年「放浪」を書いた後、一九一九年『五部作』を完成するまで一〇年ほどの長い時間を費やした。初出から改訂版『五部作』として整理するまで長い改作過程を経ており、泡鳴はこの作品に非常に多くの情熱を注いだのである。

3、視点の移動

初出は、改訂版『五部作』として改作される間、多くの視点の変化が見える。この変化は、初出の作品全体が『五部作』として改訂されるとき一貫して現れた現象だ。ここでは初出と『五部作』の改作過程を通し、視点がどのように変化するのか、そして視点がどのように削除されるのかを比較し、それによって作品世界がどのように変化するのかを見ていくことにする。

初出と改訂版『五部作』の間には視点の変化が多いが、いくつかの部分を例としてあげてみる。次は「断橋」からで、義雄が北海道で会った遊女敷島の描写である。

『ぢやア、花子さんのところへ行くのでしよう』と、女は恨めしさうに念を押す。（初出、p.126～p.127）

『ぢやア、花子さんのところへ行くのでしよう。』女の声は恨めしさうにも聴えた。（改訂版、p.313）

初出の〈女は恨めしさうに念を押す〉で、語り手の視点は女（敷島）に向かっていて、この文章の行為主体は女である。しかし、改訂版の〈女の声は恨めしさうにも聴えた〉という部分で、語り手の視点は女の声が〈聴えた〉という義雄の方へ移動し、行為主体もまた女の声を聞く義雄の方に移動している。『五部作』では女にあった視点が義雄に移動し、女は叙述の行為主体から排除されるのだ。

次はお鳥についての描写である。

お鳥は漸く八時頃に目をさました。して、義雄のゐないのを見て、飛び起きた。『逃げたのだらう。』かう考へたので、胸がどきまぎする。（中略）病院に帰つた。ゆふべ以来、どうせまたひどくなつたに違ひないと思つてゐたのが、まだけふの診察と治療とを受けないのに、多少いい気持ちになつた。

と云ふのは自分の留守に一つの手紙が来ていた。（中略）これをしほに、お鳥も帰京することに決心した。（初出、p.491）

お鳥はやツと八時頃に目をさました。そして、義雄のゐないのを見て、飛び起きて、『逃げたのだらう』と考へたさうだ。（中略）病院に帰つたと、かの女が再びやつて来た時にこちらへ笑ひながら打ち明けた。そしてなほ続けて、相談らしく語るによると、かの女の留守に一つの手紙が来てゐた。（中略）これをしほに、お鳥も帰京することに決心したらしい。（改訂版、p.443〜p.444）

初出では、〈〜考へたので、胸がどきまぎする〉と叙述されていたお鳥の内面が、改訂版では〈〜と考へたさうだ〉のように、義雄の目に映ったお鳥の描写として変わった。ここで主体はお鳥から義雄へ変化している。また、〈病院に帰つた〉という部分は、〈病院に帰つたと（中略）打ち明けた〉と変化し、お鳥は語り手によって直接描写されない代わりに、彼女が義雄に告白したことによって、彼女が病院に行ったということを知る義雄の視点を通し描写される。また、初出の〈ゆふべ以来（中略）多少いい気持ちになつた〉は、義雄の内面が改訂版では削除され、手紙が来たことも彼女が彼に「言う」ことによって確かなことになる。初出の〈これをしほに、お鳥も帰京することに決心した〉が、〈これをしほに、お鳥も帰京することに決心したらしい〉と変化することによって、お鳥が「決心した」ことも義雄に「決心したように」見える方式に変わっている。語り手の視点は、初出ではお鳥にあったが、改訂版では義雄に変わっている。それにより叙述の主体はお鳥から義雄に変わり、お鳥の内面に代わって義雄の内面が描かれるようになった。

4、視点の変化と作品世界の変化

次は、初出で敷島に向かっていた視点が、改訂版『五部作』で義雄に移動した部分だ。

顔をあげて、女がじツと男の方を見ると、男はただ無言で、にこ〳〵してゐる。女はそれが非常に可愛くなつた。あの執念深い而も冷酷な男も、かう情愛があるのかと思ふと、女は新らしい所帯持ちの様なあツたかい心持ちになつて、遠方に行つてゐた所天が今帰つて来た様だ。

男はまた今夜切りで、この後は来られるか、どうか分らないと考へてゐるのだから、女が実際に自分を思つてゐるか、どうか、最後の試をするつもりだ。（中略）男の心は思つてゐた通り、矢ツ張り移つてゐるのだ。移つてゐるのに、こちらばかりがまだ熱い様に思はれるのはいやだと云ふ警戒心を起す。（初出、p.221）

そして女が顔をあげて、じツとこちらを見てゐるところで義雄はただ無言で、にこ〳〵しながら考へた――今夜切りで、この後は来られるか、どうか分らない。が、女がこれまでに見せた通り、実際に自分を思つてゐるか、どうか、最後の試しをしてやらうと。（改訂版、p.380）

まず、初出の文章を見よう。〈顔をあげて、女がじツと男の方を見ると、（中略）今帰つて来た様だ〉という文章を見ると、確かに女の方から男を見ている。ここで女の目に映った男は〈ただ無言で、にこ〳〵してゐる〉のように叙述され、男の顔を見るのは敷島で見えるのは義雄である。その次の文章である〈男はまた今夜切りで、（中略）女が実際に自分を思つてゐるか、どうか、最後の試をするつもりだ〉では、女の内面を推測しようとする男の内面が描かれる。ここで叙述の主体が女から男に変わっていることを知ることができる。最後の文章〈男の心は（中略）嫌だつた〉では、また女の方から男の内面を覗き、叙述の主体は男から女へ変わる。このように初出では女から男へ、男から女へなど、男と女の視点が混ざっている。

だが、改訂版を見よう。〈女が顔をあげて、じツとこちらを見てゐるところで義雄はただ無言で、にこ〳〵しながら考へた〉で、〈義雄は（中略）考へた〉が追加され、語り手は義雄に固定し見守っている。例にあげた初出の最初の文章では、敷島の内面を見守っていたが、改訂版では義雄の内面に固定する視点に変わり、叙述の主体は敷島から義雄に変化したのだ。改訂版の〈女がこれまでに見せた通り、実際に自分を思つてゐるか、どうか、最後の試しをしてやらうと〉の部分では視点の移動はないが、義雄の方から敷島が自分をどんなふうに考えているのか試そうとする強い意志を表現する彼の内面が描かれている。初出で〈女はそれが非常に可愛くなつた。（中略）遠方に行つてゐた所天が今帰つて来た様だ〉と表された女の内面が改訂版では全て削除される。同時に、初出の〈男の心は（中略）思はれるのはいやだ〉と、義雄が自分を愛しているのか疑う敷島の内面も改訂版からは削除された。

初出では、視点は統一されずに、ほとんど敷島を中心にした作品世界が展開される。改訂版では視点は義雄に移動し、彼を中心にした作品世界が展開される。結局、泡鳴は彼女にあった視点を彼の視点に移動させ、彼女の内面を排除することによって女性の作品世界を男性の作品世界に変えたのだ。

5、排除される登場人物の内面

初出「断橋」の多くの部分は、『五部作』で改作されると同時に削除された。次は、初出から『五部作』へ改作されたとき、削除されたお鳥の内面である。

お鳥は義雄の昨年末まで某商業学校の英語教師をもしてゐたことを思ひ出す。（初出、p.19）

次は、敷島の内面だ。

かの女は実際恋しくつて溜らなくなつたのだ。
（中略）
女は男の胸に泣きつきたいのを我慢する。して、これで心が解けなければ、もう、それまでだと思ふ。（初出、p.126）

次は女の内面だ。

女は男の案外に冷酷なのを感ずる余地が出来たらしい。（初出、p.129～p.130）

順序通り見れば、『五部作』には初出にあったお鳥、敷島など女たちの視点、つまり彼女たちの内面が削除されている。このように『五部作』は、主人公義雄以外の人物視点で描かれた部分を削除することによって作られた作品だ。初出にあった主人公以外の全ての人物の内面描写が削除されることによって、『五部作』では全体的に義雄の内面だけが描かれている。初出に見えた視点の移動はなくなり、改訂版では義雄にだけ視点が固定され、彼以外の他人の視点が入る余地はない。

初出から改訂版『五部作』の変化は、義雄の描写が主観的に、お鳥の描写が客観的に変わるということだ。改訂版では主観的感情が強い表現が追加されるため、読者は主人公義雄の内面を深く理解することができる。改訂版で語り手は、義雄に近くなりお鳥から遠くなる。このようにしたのは、義雄だけの主観的感情を表現しようとする作者の意図によるもののように見える。初出と改訂版を比較して分かることは、改訂版では義雄の主観的感情を追加することによって、主人公義雄のその瞬間の心情をより強く表そうとしたことだ。一方、お鳥の行動は客観化されて表されていて、それによって義雄とお鳥の間には距離が生じることになり主体と客体の区別が明確になる。

これらは、作者と義雄の距離をゼロに近くしようとする著者の意図であり、厳格な視点制限だと言うことができる。『五部作』の主人公義雄にだけ固定された人称と視点は、義雄だけの内面を描き他の作中人物の内面を排除する結果となる。そのため改訂版『五部作』では、義雄の内面、つまり彼だけの世界を見ることになる。

6、 愛人との自殺騒動

『五部作』でも、『蒲団』のように妻子ある男と愛人との関係が赤裸々に告白され、露骨な遍歴と恋愛の終わりまでもが隠すことなく大胆に描かれる。この作品には、事実と幻想の融合が人生であるという泡鳴の主張が表現されている。

初出の視点を統一し削除するなど、改訂版『五部作』で改作することによって、その作品世界はどのように変わったのか？

『五部作』のクライマックスは、義雄とお鳥の自殺未遂事件である。この事件の場面も『五部作』では相当の部分が改作された。この場面は「憑き物」の頂点をなす部分で、泡鳴が力を注いだ部分であると推測される。

それでは、改訂版での二人の自殺未遂事件の場面を見ることにしよう。

『一緒に死なう』と云つてから初めての声を出して、
『どこにしよう？』
『豊平川の鉄橋がよからう。』（中略）
渠は、今や、突然招集の命令を受けて、死の寝床から起き出でた青鬼の様に身づから思へた。生きてゐて面倒な女が渠から無関係に遠ざかつて行くのを、これ幸ひと、その死に場所まで案内するつもりである。途々考へて見ると、自分がかの女を棄てて逃げようとしたのも、自分の思想的生活に無関係になつて来たからである。それがおのれから逃げて呉れるのだ。これほど都合のいいことはない。それだけにまたこちらの顔も、雲間を漏れる月の光りに照らされると、真ツ青になつてるのだらうと思はれる。（改訂版、p.436～p.437）

二人が橋から落ちて死のうとする場面を見ると、二人は薄暗い闇の中で互いを抱き、昔関係した異性を思いながら川へ飛びこむ。二人は川に水が流れていると思い飛びこんだのだが、彼らが落ちたところはずっと前に降って固くなった雪の中だった。抱いた手を放し起きあがった二人は雪を払い落とす。お鳥は東京でもらった櫛がなくなったのを知り、泣き声をあげる。それで部屋に戻ってみると、櫛は蒲団の横に転がっていた。恋愛が終わった男と女が一緒に死のうとするのと、死のうとする女が櫛を探す場面などは非常に矛盾していて滑稽に思える。また、〈自分の思想的生活に無関係になつて来たからである〉というところから、義雄がお鳥と別れようとする理由を知ることができる。彼の恋愛は全て自身の思想と関係があるのだ。

主人公、田村義雄において、文学・思想・恋愛はどんな関係にあるのか？　愛人お鳥はどんな存在なのか？　彼女は義雄の自己発展のために必要な存在でしかない。義雄がお鳥を愛人とした理由については、〈この二三年来、渠は人生の殆ど素ツ裸な現実にぶつかつてゐて、もとは何となく奥ゆかしさのあつた幻影など云ふものは全く消滅してしまつた。そんな生活をしてゐると考へると、やがて四十歳に近い新時代者の自分が哀れな様にも思はれて、迫めては若い女の熱い血に触れて、過ぎ去つた心の海の洋々たる響きを今一度取り返して見たいのである〉（改訂版、p.39）と出ている。彼はお鳥という若い女の熱い血に触れることによって、去ってしまった心の潤沢を取り戻したいのだ。主人公において、恋愛はもっぱら自分の空虚を埋めるものにすぎない。また、恋愛はその孤独な自我をなぐさめてくれて、自身の発展に必要なものだ。『五部作』全体を通して表された義雄とお鳥との恋愛は、「憑き物」で終わる。ここでは恋愛の美化ではなく、恋愛の幻滅が描かれていると言うことができる。このような叙述方式は女の視点を排除し、女にあった視点を義雄に移すことによって強化された。例をあげると、妻千代子と愛人お鳥は非常に、醜い女として描かれている。

7、毒薬のような女お鳥

次は、お鳥についての描写である。

義雄が直接に向ひ合つたその顔を見ると、円ツこく太つて、色は雪のやうに白いが、平べつたい面積がどことなく締りなく、出過ぎたひさし髪や（前髪をぬっと突きだしてゆったもの——引用者注）、衣物の着つけがどうしても田舎じみてゐる。その目つきがそこ意地のありさう見えるのも、ひさしの奥から見つめるから、たださう見えるのだと考へれば考へられないこともない。また、そのしろ目が少しそら色がかつてゐるのも義雄が見て余りいい感じはしない。（改訂版、p.32～p.33）

義雄の顔に写ったお鳥の顔の描写だ。『五部作』のヒロインお鳥ほど、醜く描かれた女も少ない。「毒薬を飲む女」の彼女は、義雄の妾になって彼からうつった性病にかかった女、毒薬・亜砒酸を飲む毒薬のような女として描かれる。また、顔の観察は非常にリアルだが、美しい女ではなく、洗練されない野暮ったい女として描かれる。義雄はお鳥によい印象を持っていないにもかかわらず、お鳥と恋に落ち情婦関係になる。それは彼女が彼の思想的な発展に力をくれるためだ。彼の正直な内面がよく描かれている部分は、〈たとへ田舎じみてゐても、たとへ拙い顔でも、このふツくりと肥えた色の白い女を、むざ〳〵と友人の秋夢に渡してしまうのが急に惜しくなつた〉（改訂版、p.36）という部分である。自分はそれほど彼女に愛情を待っていなくて、友人に彼女を譲ろうと約束したにもかかわらず、その約束を破る正直で露骨な内面を描いている。

8、醜い妻千代子

次は愛がなくなってしまった夫を探すのに、必死な妻の描写である。

義雄はじツと妻の方を見た。そして、直ぐにでも得意の平手打ちを喰らはせようと待ちかまへてゐた張り合ひがなくなつた。かの女の顔が馬鹿〳〵しいほど凄い――と云ふのは、こちらから手でも挙げれば、直ぐ飛びかからうと意地意地してゐる癖に、堅く横に引き結んだ口のぴく〳〵動く口びるから、いやに勝ち誇つた様子が漏れてゐる。

鬼女の笑ひ――執念深い呪ひの女――深夜、髪を乱したあたまに蠟燭を三本立て、口に髪剃りを喰はへ、片手に藁人形、片手にかな槌を持つた丑満参りを想像して、義雄はぞツとした。このやうにヒステリの高ぶつて来た女なら、それくらゐのことは田舎なら仕かねまいと。
（改訂版、p.83）

ここでは夫を奪われた妻が、妾であるお鳥を呪詛する姿を描いている。妻である千代子を表す描写は、「累」（怪談の女主人公。嫉妬深く醜い妻で、夫に川で殺害され、その怨霊が一族に災難を与えた）が恨みに思って死んだ顔であり、執念深く呪詛する女、ヒステリーが絶頂に達した女である。このようなことから分かるように、『五部作』では普通の恋愛小説や、好色小説のように女を美しく描写したり理想化しない。結局、『五部作』全体を通しては、恋人との大胆な行動と恋愛が描かれているが、女を見る作者の視線は一貫して冷淡である。自分が愛した女であるにもかかわらず、妻は嫌悪感を起こすほどのヒステリックな女として描かれていて、お鳥は性病にかかって毒薬を飲む醜い女として描かれる。

9、日本のドン・キホーテ

改訂版は、「一つの作品世界の中で二つ以上の主観を持つのはいけない」という、岩野泡鳴の描写方法を実現したものであった[27]。改作によって、女性を見る視線はより冷たくなり、彼女たちはより一層醜くヒステリックに描かれる。このような女の描写方法は義雄がもっぱら見る主体で、彼女たちはもっぱら見られる対象であるためだ。これは女性の内面を排除し、もっぱら義雄にだけ視点を固定したために生じた結果である。初出にあった多数の作中人物の視点が『五部作』では排除され、視点は全て義雄に集中された。『五部作』は、敷島とお鳥の視点を主人公義雄の視点に変えて彼女たちの内面を排除し、もっぱら義雄だけの視点、義雄だけの内面の露出を許している。改訂版では、義雄が主体的な地位を占めていて、自分の思い通りに行動に移す人物として描かれている。義雄にだけ視点を置いた厳しい視点の制限は、たった一人の人間だけの内面の露出を許し、彼だけの内面を表すことによって作品をより男性的なものにさせたのだ。

『蒲団』は、泡鳴自身の私生活をありのままに暴露した『五部作』を誕生させた。『蒲団』では告白に見合う行動がまったくなく、ひたすら欲望を抑制する主人公だけが描かれる。むしろ告白という行動をするのは、恋人との肉体的な関係をもった後、それを隠すことができずに告白してしまう女弟子の芳子である。芳子の大胆な行動と告白、そして芳子が家に帰っていった後、狭い部屋で隠れて泣くセンチメンタルな時雄の人間性は女と男の立場を逆転させている。したがって『蒲団』は自由な視点の移動によって、女性的な作品世界を誕生させた。対して、『五部作』の主人公義雄は社会の倫理と常識に縛られず、自身の欲望を抑制せず、それを行動に移す人間として描かれる。義雄のこのような大胆な行動は、一九一〇年代を代表する日本のドン・キホーテと呼ばれる。『五部作』には、『蒲団』において見える懺悔、後悔、反省がなく抑制する欲望もない。このような率直な義雄の人間性は、男性的な話を作る。これは徹底して、義雄にだけ視点が与えられたために可能となった。

10、作品の自伝的要素と社会性の排除

『五部作』の主人公である義雄の波瀾万丈な生活は、実際岩野泡鳴の生活でもある。作品において文学者であり思想家でもあった田村義雄、妻千代子、愛人清水お鳥のモデルは、岩野泡鳴と彼の妻、愛人増田しも江である。実際、『五部作』の女主人公である清水お鳥のモデル、増田しも江は泡鳴の家に下宿していた。泡鳴としも江の関係が深くなるや、二人は他に所帯をもった。泡鳴は金が必要になるや、自分の家を抵当に入れサハリンで食品加工事業に立ち入る。しかし、事業の経験が全くなかった弟に仕事をまかせたことと、弟の発病が原因になって、泡鳴が現地に行ったときは事業が再起不能な状態だった。彼は事業復興の資金を準備するために北海道に渡り、放浪生活をするが失敗し東京に戻ってくる。このような背景のために、『五部作』は作家の私生活を描いた私小説だと評価されたのだった。

『五部作』は実際の人物をモデルとして、また自身の私生活を描いたために私小説だと受け取られてきた。平野謙は〈私は岩野泡鳴と田村義雄とを同一人物とみなし、そこに次元の相異を認めなかったのである。つまり、私は五部作をひとつの偉大な私小説、あるいは私小説の原型とみなすものである〉と言う(28)。川村二郎は〈『五部作』は、いうまでもなく、作家自身の女性関係に端を発する家庭内の悶着と、惨憺たる失敗に終った食品加工事業の始末を、時間の順序を追って仔細に綴った連作である。部分的にどのようなフィクションがあろうと、全体が作者の生活のほ

ぼ忠実な再現的記録であることは疑いない〉と言っている。[29]

私小説として発展した日本のリアリズム小説は、社会性の欠如という側面及び現実と虚構の同一視という側面から多くの批判を受けた。そうであるなら、『五部作』には社会性と関連させた問題がどのように扱われているか見てみよう。

『五部作』では、伊藤博文の死という同時代の事件が問題にされているが、義雄というキャラクターが滑稽なため社会性は浅くなってしまう。彼自身は自分の思想に真摯であるが、他の人に理解してもらおうとはしない。義雄は同時代の現実を自分と社会の問題として拡大しようとせずに、いつも自分の思想に還元している。荒正人は〈泡鳴は戦うべき社会の実体を、もっと丹念に描くべきであったかもしれぬ。だが、それは殆どしていない〉と述べる。[30] 結局、『五部作』からは、社会的な問題として拡大される要素は見つけることができない。

11、実生活と芸術と思想の一致

『五部作』は、岩野泡鳴が自分をモデルとした私小説でなくても関係がなかった。それではなぜ、泡鳴は忠実に自身の私生活を小説にしたのか？　彼が自分の私生活をモデルにした理由は、「生活と芸術そして思想が合致しなければいけない」という信念を持っていたためだ。[31] 彼は自分の生活がそのまま芸術になることを望んでいたし、自身の思想と文学を日常生活で具現化しようとした。岩野泡鳴は、自分の思想、文学、行動全てを一致させようとした日本最初の作家だった。

泡鳴は思想と現実が一致しさえすれば、北海道、女性、肉欲、思想を描くことができると考えた。彼が言う「刹那に忠実であろう」[32]という思想によれば、彼には永遠の美しい女性も永遠の甘い愛もなく、そんなものは真実ではなくインチキにすぎない。永遠のものはなく、刹那だけが真に大事であるという彼の考えから、彼の文学と思想が生まれたのだ。そして、彼はそれを生命的な発展だと考えたのだった。

『五部作』中の「発展」は発売を禁止されたこともあり、エロティックな小説だと認識された。『五部作』はお鳥という女性をめぐっての恋愛と性を大胆に描写したが、普通の恋愛小説でもなく好色小説でもない。同様に『五部作』は、泡鳴自身の結婚生活と愛人関係など、実生活をモデルにした赤裸々な自己告白であるが、一般的な恋愛小説や好色小説に見える恋愛とは異なる。なぜなら、彼の恋愛や性欲は全て彼の思想的必要によってなされたものであるからだ。

彼は文学者として独自な思想で、生活と文学を一元的に統一しようとしたのであり、それを文学だけでなく実生活、実行とも一致させようとした。彼は日常生活の中に、自己の感性を修練する日本の作家に反感を持った。『五部作』の主人公は実行する思想家であり、彼の小説はその実行する思想家の思想と行動を、芸術的に具現化しようとしたのだった。愛情がなくなった結婚を認めない自分の思想によって、彼は愛人増田しも江と別れ、妻こうとも別居した後、新しく知るようになった遠藤清子と同居する。彼は後年、妻を三度も変えたことについて批判されたが、その理由を「私自身の発展のため」[33]だと言って抗議した。泡鳴のこのような行動の裏には、「生活、文学、思想はいつも共存する」という態度があった。泡鳴の独特な思想による創作観は、「自身の生活が芸術を作る」という『五部作』の独特な作品世界を作ったのだった。(34)

【『五部作』テキストの説明】

岩野泡鳴の『五部作』とは、本文にもあるように「発展」「毒薬を飲む女」「放浪」「断橋」「憑き物」を指す。これらの書誌については、文中に詳しい。なお、この章における作品の引用は、初出版は『岩野泡鳴全集』第三巻、一九九五年二月、臨川書店、改訂版は『岩野泡鳴全集』第二巻、一九九四年一〇月、臨川書店によっている。

注(26) 岩野泡鳴「序に代ふ」『耽溺』一九一〇年、易風社。ただし、引用は『岩野泡鳴全集』第一五巻、一九九七年二月、臨川書店、p.443～p.444による。

(27) 岩野泡鳴「現代将来の小説的発想を一新すべき僕の描写論」「新潮」一九一八年を参照。『岩野泡鳴全集』第一一巻、一九九六年一〇月、臨川書店に収録。

(28) 平野謙「作品解説」『日本現代文学全集29』一九六五年、講談社。ただし、引用は『平野謙全集』第七巻、一九七五年三月、新潮社、p.138による。

(29) 川村二郎「銀河と地獄―岩野泡鳴論」「群像」一九七三年七月、p.234による。

(30) 荒正人「人と文学」『筑摩現代文学大系5』一九七七年、筑摩書房、p.494による。

（31）このような岩野泡鳴の基本的な思想は、『神秘的半獣主義』一九〇六年、左久良書房と『新自然主義』一九〇八年、日高有倫堂などを参照するとよい。ともに、『岩野泡鳴全集』第九巻、一九九五年八月、臨川書店に収録。
（32）岩野泡鳴『神秘的半獣主義』（31）に同じ。
（33）岩野泡鳴『男女と貞操問題』一九一五年、新潮社を参照。『岩野泡鳴全集』第一〇巻、一九九六年四月、臨川書店に収録。
（34）このような岩野泡鳴の基本的な思想は、『神秘的半獣主義』『新自然主義』（（31）に同じ）を参照するとよい。

五、私小説に見る日本人の精神構造

1、日本自然主義は「事実」と「真実」を混同した

私小説の元祖となった『蒲団』は、日本リアリズムの道を歪曲した小説としてかなり批判されてきた。西欧リアリズムをモデルとした日本のリアリズムは、社会的な小説『破戒』ではなく、社会性が排除されもっぱら作家個人の私生活を問題にした『蒲団』によって、その方向が決定された。したがって、日本リアリズムは西欧リアリズムとは、全く異なる方向へ発展した。

日本の近代リアリズムに対する代表的な批判としては、小林秀雄の「私小説論」（一九三五年）、中村光夫の『風俗小説論』（一九五〇年）がある。小林秀雄は「西欧リアリズムが充分に社会化された「私」を描いたのに反して、日本のリアリズムはその表現技法や描写方法を受け入れただけで、社会化された「私」という新しい思想は受け入れなかった」と批判している。[35] 中村光夫は『風俗小説論』で、日本の近代、近代文学の欠陥の源流となったのは〈我国の近代リアリズムの蒙つた特殊な歪み〉だと指摘した。[36] このような批判は、日本の自然主義作家、つまり最初の私小

説作家と言われる人々が西欧の近代文学を正確に理解できずに、「事実」と「真実」を混同したことを示唆している。よって、西欧リアリズムを間違って受け入れた作家に、私小説発生の責任があるというのだ。

しかし、最近、既存の批判とは異なる見解が出てきた。鈴木登美は私小説を〈作家の私生活の忠実でありのままの転写あるいは告白〉だと定義するが、テクストに内在する特質として私小説を糾明するのではないと言う[37]。つまり、鈴木登美は、私小説の誕生に対する責任を作家ではなく読者にあると主張する。それによると、私小説の核心は〈歴史的に構築された支配的な読みと解析のパラダイム〉であり、〈しかもたちまち生成力のある文化言説となってしまったパラダイム〉である[38]。結局、彼女は私小説と定義される言説の場、標準的な文化史が生まれた言説の場の歴史的生成に力点を置き、私小説言説の位置を日本の近代化という歴史的なプロセスの中に置こうとしたのだった。鈴木登美は〈私小説は、特定の文学形式あるいはジャンルというより、大多数の文学作品がそれによって判定・記述された、ひとつの文学的、イデオロギー的なパラダイムなのである。つまりどんなテクストも、このモードで読まれれば、私小説になりうるのである〉と言った[39]。

このような論は、私小説が作家と読者との相互関連的な関係から起こる文学ジャンルだというのを証明してくれた。

2、著者の死は読者の誕生である

現代批評では、著者を作品と分離させる。著者が作品を終わらせた瞬間から、作品は著者とは独立して動く。しかし、私小説はこれとは異なり、絶えず作家と作品を関連させる。このような点から、私小説は現代批評に退行する文学様式だと見ることができる。

著者というのは、中世を過ぎ英国の経験主義、フランスの合理主義、宗教改革に伴い、人格というものが発見された後に生産された現代的な人物である。文学の中で著者という人間（persona）に最大の重要性を付与したのが、資本主義イデオロギーの要約であり帰結である実証主義である。著者は、文学史、教科書、作家の伝記、雑誌の対談や、自身の内的日記などに基づいて、それらの人間と作品を結びつけようとする文学家たちの意識の中で、依然として支配的な位置にある。一般的な文化の中で発見される文学は、著者や彼の生涯に集約されている。批評もまた同様だ。ゴッホの作品を彼の狂気と、ボードレールの作品を人間ボードレールと、チャイコフスキーの作品を彼の悪徳と説明するなど、作品に対する説明はいつも作品を創りだした人間の方から模索されてきたのだった。

作品の中で著者の権威は非常に強力だが、ずっと前から少数の作家たちはそれを壊そうと試みてきた。フランスのマラルメがその先駆けになる。マラルメは「語るのは言語活動（ことば）であって作者ではない」と言い、書くことのために著者を除去しようとしたのだった。著者は文章を書く人以外の何者でもない。著者が遠くなったことは、現代における書くことを完全に変貌させた。

バルザックによれば、誰もその感情を語りはしない。作品の訴えた声を聞くことができる場は、書くことではなく読むことである。テクストは起源ではなく目的地、つまり著者ではなく読者にあるのだ。古典批評では決して読者を扱うことはない。古典批評では、文章を書く者以外に、文学においてどんな人も考慮しなかった。もはや書くことの神話を転倒させねばならない。著者の死はすなわち読者の誕生である。(40)

3、作品からテクストへ

作品からテクストへの移行は、何を意味するのだろうか？　そして、作品とテクストの差異は何か？　ラカンの区別によれば、作品は本の空間を占める文字の断片である。テクストは方法論的な領域で何かを導き出す。作品は書店や図書館に見えるものだが、テクストは証明されるものだ。作品は手の中で扱えるが、テクストは言語の中で維持される。テクストは作業や生産によって体験することができるし、その結果物を導き出すことができる。作品は著者の帰属を前提とする。著者は作品の父、または母であり、その所有者として見なされる。文学は作品の中の文字と著者の意図を尊重しろと教え、社会は作品と著者の合理的な関係を認める。これが著者の権利である。しかし、テクストは父と母の関係という保証なしでも読まれる。言いかえれば、作品は消費の対象と言うことができるが、テクストは作品を消費から救い出し、生産と実践で受容しようとする。

今日では批評が作品を再生産する。テクストに対する言説は、それ自体がテクストであると同時に、テクストに対する研究作業である。なぜならテクストは、どんな言語も放置せずに書くことの実践とともに成立するためだ。(41)

4、事実を重視する日本人

私小説は作家と読者の相互関連的な関係からなる。なぜなら、私小説の前提になるのは、作家は自身の私生活をありのままに記録せねばならないであり、一方で読者は私小説作家の身辺的な要素を知っていなければならない。つまり、私小説においては「作家＝主人公」という等式が前提になる。そうであるなら、このような私小説の背後にはどんな社会的、文学的な要素が内在しているのか？　これについては、日本の独特な文学ジャンルに属する私小説を分析することによって、日本人の精神構造を社会的な脈絡から再解析することができる。

まず、私小説の事実性の問題を取りあげないわけにはいかない。私小説の事実性というのは、「作家の実際の現実と文学作品の関係」を言う。作品は、作家が実際に経験した現実を、直接再現するということを想定している。つまり、文学と文学の中に反映される現実との実際関係が事実でなければならないという私小説の前提を、読者が納得してこそ私小説というジャンルが成立するのである。このように私小説において、「事実性」という基本的な条件は作家と読者の間に置かれた一種の暗黙の約束である。

私小説の正体は、読者の観点から見た読書の過程から作られる。つまり、読者はテクストに潜在している信号、言いかえれば主人公と作家の間の類似性を根拠とし、該当作品を私小説だと判断する。例をあげると、主人公と作家が同一人物であれば、職業は小説家であるのだ。また、小説の事件をよく把握するためには、作品の背景、作品が現実とどのように関連しているのかなどについての知識を得なければならない。このため読者は同じ作家の他の作品を読んだり、作家についての書評や記事などを通して作家についてのたくさんの知識を持たねばならない。このように事実性とは、読者が作品で叙述された現実と実際の現実の間に呼応関係を想定することである。[42]

5、私小説作家の「書きたがる病」

現実暴露の悲哀を感受しながらも、私小説作家に自身を暴露させる理由は何であろうか？　三浦哲郎はその理由を次のように説明する。〈私がはじめての小説を書こうと思つたとき、その材料がまつさきに思いうかんだのは、それまでの長い年月、私はひそかにそのことを思い思い、思いあまつて、早く吐き出したくてうずうずしていたからである。私は、躊躇なくそれを書いた〉。[43]また、彼は自身についてのことを一般的なことに発展させ、次のように述べる。〈誰でも、小説書き始める時って、喉のところまで書きたいことが詰まってるでしょう。誰かこの話を聞いてくれ、そういう気持が強い。それで、どんどん吐き出すように書くわけだけど、自分の言いたいことを最も人に伝えやすいスタイル、読んですんなりわかってもらえるスタイルっていうのは、やっぱり手紙とか日記とかの文章ですよね。（中略）最初、小説は手紙の文章で書いた。それを、初めて批評家っていう人から、これは私小説だと言われて、そうかと思ったんです〉[44]。

文章を書く行為は、何かを読者に伝達したいという抑えることのできない欲求、すべてのことを吐きだしてしまいたい衝動から発現されるのだが、このような欲求を充足させてくれる最も適切な表現手段がまず日記と手紙である。自分自身を表現するために作られたこれらの様式は、他のどんなことよりそれを最優先にするために、美的な機能は後退してしまう。このように日本社会で自分を表現したい文学的伝達意欲が根深い以上、私小説は決してなくならないのだ。

6、自分を表現することによって慰めを得る

自分を表現する行為は、一人の個人である作家にどんな効果を持っているのだろうか？『放浪記』の林芙美子は「著者の言葉」で、〈放浪記を書いた始めの気持ちは、何か書くといふ事が、一種の心の避難所のやうなもので、書く事に慰められてゐた〉と述べる[45]。

文章を書く行為は作家の精神衛生の力になり、人生の克服の有効な手段として機能する。自身の問題を文学にすることができるのは、作家自身の持つ長所である。彼らは文章を書くことによって、辛さから救済され、辛さを克服することができる。文章を書く行為は自己慰労、または自

己治癒の効果があるためだ。これについて、土居健郎は〈日本人の成人は書くことによるコミュニケーションの方が易しいと考えている。そして精神医学における日記の利用は日本での私小説の隆盛と無関係ではない〉と指摘する。[46]

私小説の排出口的機能と精神衛生上の効果は、日本人作家の精神分析的な面を垣間見ることができる。宮城音弥は「私小説の心理学」で、私小説作家全体に心理の同質的構造を発見しようとした。[47]その例として、葛西善蔵を研究対象とした彼は、日本の芸術家、特に私小説作家たちには精神分裂の傾向があり、思考と行動と感情の不調和、自閉症など、程度の差異はあるが、ある程度の狂気の行動を見ることができるとした。これは作家の同質的構造を、読者の側でも同様に探すことができることを強調したものである。

私小説作家たちに現れる共通した要素の例として、ナルシシズムをあげることができる。自己陶酔に陥った作家の特徴は、全ての客観化能力の欠如と自己行動への自負心である。このようなことも、日本社会と文学全体の特徴的な振る舞いである「甘え」の構造と関連がある。甘えは小児の口唇期の特徴で、「対象に対する受動的な愛情」と対応する。しかし、この口唇期が通常、人格の形成過程で克服される西洋とは異なり、甘えの欲求は日本の人格の形成過程で弱まることなく継続して維持される。強いナルシシズムの要素は、甘えの構造と直接関係がある。このように私小説作家は、日本人の典型的な人格構造を示す。

7、自己暴露は読者たちの称讃の対象である

私小説作家が自己の恥部を暴露しながら得ることができるものは、私的な性質のものではない。彼らの自己暴露は、読者たちの称讃の対象である。自己暴露は、無条件に高い道徳的、倫理的評価を獲得する。平野謙は〈身うちのもっとも痛いところ、人目にさらしたくない羞恥部を仮籍なく自己剔決することによって文学的リアリティを保証する〉と述べる[48]。

私小説作家に送る読者の賛辞は、作家の自己犠牲である。作家は、私小説の核心になる「ありのままの真実」を小説の中で明らかにしながら、自己犠牲を感受する。私小説作家は、自身の存在を芸術に捧げ、芸術のために人生を犠牲にする選択をした人だというイメージを持つ。しかし、彼らは決して社会を対象に闘うことはしない。

道徳的価値は告白行為、それ自体にあるのであって、周囲の人間に対する作家や主人公の態度にあるのではない。一般的に日本において告白行為は道徳的に高く評価されるため、その中に隠れている重大な問題は自己告発者としての公的な行為として許される。荒正人は〈実人生の苦悩を、芸術家が作品として表現し、それによつて、その苦悩が昇華され、また、吐瀉されるといつた一般的原則が存しないわけではない。だが、反則といふものがある。書くことによつて滅びる作家たちもゐる。手近な例でいへば、原民喜も田中英光も、太宰治も、みんなかくことによつて破滅していつた作家たちであつた〉と述べる[49]。

彼らは文章を書くことによって、不幸な境遇を自ら招いた。言いかえれば、不幸な境遇を表現することによって昇華したのではなく、文章を書くことによって不幸な境遇を必要としたのである。私小説を書く資格がある人は、健康、経済、家庭、思想などで不幸な要素を持っていなければならない。しかし、結局、彼らが書く対象は日常の単調さだけであるため、結局は素材の枯渇という事態に直面することになる。このような不安感を克服しようとする作家たちにとっては、「不幸な生活」という自己演出をすることによって、新しい素材を確保すること以上のよい方法はなかった。日常生活で危機の状況を探すということは、私小説作家たちが決して私的な生活領域の外へ出ていかなかったということを示す。

そのため、私小説において、社会的に重要性を持った一般的な問題は少しの役割も持たない。私小説作家たちは、自分たちを「社会とは関係のない社会の外にいる非政治的な性格を持つ人間」として認識した。つまり、彼らは自身を「制度化されたアウトサイダー」だと認識したのだった。そして、彼らはそれを「社会を敵とし闘う」ことと同一視したのだった。

もちろん、初期の私小説作家たちにおいて、私的な告白を公的な場所でするということは勇気ある行動だった。しかし懺悔の行動は徐々に固定化され、懺悔の内容は婚姻外の情事、自分の家族に対する冷淡な行動、金銭的な問題などに限定され、読者も小説の終わりをうっすらと知っていたのだった。道家忠道の指摘を見ると、〈俗物的な既成道徳にたいして、ことさらな「反道徳」的な自己ばくろをすることは、作家の、勇気を必要とする行動であった。赤裸々な自己ばくろの誠実さは私小説の最高のエートスの一つである。芸者遊びや女郎買い、妻子をすてた自由恋愛、借金や夜逃げの話も、ふつう人前で語れぬことを敢て公けにばくろする作家の誠実さの証拠となるのである〉とある。[50]

このように初期の私小説作家が狭い私的生活の領域だけを扱ったため、私小説作家という存在は社会を敵とし闘う芸術家という認識とはほど遠い。故に、「私小説作家や私小説研究家たちは社会を敵とし闘う」芸術家だという神話は自己の弁明にすぎないのである。

8、主人公に変化がない

主観的文学として私小説ジャンルが持つ特徴は、小説の語り手と主人公、そして作家の一体性である。作品世界は、社会の外的な影響から隔離された一人称の語り手の世界と同一である。社会という基本的な要素も、私小説の主人公の世界の中に入っている。私小説で決定的なことは、主人公と作家の見解が他の誰によっても、どんな経験によっても相対化されないということだ。このような意味で、構造的に私小説は自閉症的な要素を持っている。私小説は過去に経験したある事件と、それを書いている現在の距離を一致させようとする。

私小説では、主人公を客観化することができないため、一人の個人の成熟過程を主題とすることができない。一般的な小説の叙述では主体が自身について距離を持つことが前提になるが、私小説ジャンルではこのような条件は必要ない。私小説の時間的叙述はある事件を経験した主人公

（作家）と、その事件を書いている現在の作家の距離を意識的に消す。作家は自身の体験した状況に深く没入し文章を書き出すために、私小説では純粋に作家自身が体験した場面と状況が時間順に羅列される。それらを客観的に分析したり、解析する観点はない。私小説の主人公は同じ状況に対して、自身の過去を反省し学ぶ姿勢を見せない。自身の間違った行動を認識するためには自分に距離を置かねばならないが、自分に距離を置くことさえ不可能な状態で自身の過去から学ぶことは望みにくいためだ。反省がないため、主人公には変化がない。この意味で、テクストの構成と主人公に変化がないことは日本の文学コードと関連している。

三島由紀夫はこの問題について、〈いわゆる日本的リアリズムでは積極的人間像はかきにくいんだね。（中略）はじめとおわりに発展がないということ〉とする。[51] 三島が言った「小説の中の主人公に発展がないということ」は、テクストに描かれた主人公に変化が起こらないことだけを意味するのではなく、主人公の思想や考えに本質的な変化が起こらないことを言う。私小説の主人公たちにおいては、入っていくときと出てくるときの行動が全く同じに持続するためだ。

日本での人格形成の目標は、「自由な人格の発展」あるいは「自身が責任を負う自律的な個人の人格形成」ではなく、むしろ「自身と世界との調和的な同一、その中で世界と人生をありのままに受け入れるということ」である。したがって、西洋的な意味の人格形成と発展を私小説からは考えることができない。日本の精神療法（森田療法）の目標は、禅の悟りの境地、つまりありのままと称される自我と世界の調和状態であるが、これは私小説でも現れる。悟りの体験は思考の変化とはどんな関連もない。本質的に変化しない主人公の性格、それに対応する日本人の人間性、作家個人の人格でも同質の構造を発見することができる。言いかえれば、私小説には、発展がなくもっぱら変化があるだけである。

9、読者の覗き見趣味

私小説には、作家個人に対する読者の関心を呼び起こす多くの要素が含まれている。これらの要素は作家の私的な要素が一目瞭然に示されることもあるが、作家についての伝記的な知識をあらかじめ持っていなければ理解されないこともある。

このような私小説は、読者の独特な読みの方法によって形成される。私小説ジャンルが人気を得る理由は、私小説と関連してある公認された「覗き見趣味」にあることは言うまでもない。このような覗き見趣味は日本で大きな意味を持つ。日本のように、テレビ、新聞、雑誌で、有名人の噂や私生活を多く話題にする国も少ない。話題の大部分は人々の噂である。人々は有名人の私生活に独特な意味を付与し、公的なことではないという前提の下、私的なことに互いに強い関心を見せる。

日本での私的、公的という概念はヨーロッパでのそれとは異なる。日本では生活の多くの領域が公的なことから私的なことに還元され、このようなことが私小説を支持する重要な基盤になった。宇野浩二は〈「私小説」の面白さはその作者の人間性を掘り下げて行く深さである〉と述べる。[52] 他人に対する覗き見趣味は、私小説という制度を通して公認された性格を獲得したし、まさにこのようなことが私小説ジャンルの人気の秘訣である。外山滋比古によれば、〈他人の「私」をのぞき見るのははしたないことだが、自分の「私」が自分にはよくわからないときには、他人の「私」が鏡の役をはたしてくれる。自分の「私」はひとに見せたくないが、他人様の「私」はこっそり見て、わがふりを正したい。そういった気持が文学作品の読者の心に多少とも潜在している。私小説のおもしろさのひとつも、のぞきが公然と許される点にある〉ということになる。[53]

外山は文学作品に対して、人々がそれを自分の人生設計のための行動指針と考え、そこから助言を得るために読むのだと考えた。しかし、もう一方では、著者の私生活についての好奇心だけではなく、一種の類似した親密感を持つために作品を読んだりもする。読者は作家の家族たちについてよく知っていて、小説の中で彼とはじめて会ったとき、「あ、誰々ね！」と気づく。このような私的な人間関係が作家と読者の間にあると、私小説では決まっている。

10、主人公との自己同一化

私小説的な読みに読者が簡単に陥る理由は、作品の語り手やその中に現れる著者の中に、たやすく自己を同一化するためである。私小説作家、主人公、読者は同質の構造を持っていて、その中に読者はたやすく入り込める。しかし、自己を同一化するのにも条件がある。読者に同一化する状態を選択する権利がある、というのがそれである。私小説の主人公は自身と似た立場にあるが、自分より不幸でなければならない。読者は自己と同じ問題を持った人間と出会ったという感情、そして似たような運命の主人公に自己同一化が可能なために私小説にはまりこむ。

このような自己同一化が可能なのは、私小説にその根拠がある。私小説の条件は「作者が本当を書かねばならない」ということである。私小説の最も重要な判断基準のうちの一つは、「私小説がありのままの真実を書かねばならないという原則を守ったか」である。このときの真実は、構成要素である事実性に起因するのであって、読者が前提とする現実と文学的現実の間の模倣的関係から定義される。日本の読者にとって事実性というのは、「小説の中に描かれた事件が実際に起きたこと」である。読者たちは「作家が事実に忠実であること」という点を非常に信頼する。私小説の芸術的価値とその事実性の間には、密接な関連がある。偶然、作品が実際の事件に依拠していることを知った後、それに対し好感を持つようになったという受容者の発言がそれを裏づけている。

11、私小説の伝統は日記と随筆文学から見つけることができる

私小説と日本文学の伝統について、加藤周一は次のように述べる。

日本文学の伝統における二つの主潮流が、『万葉集』にはじまる短歌と、『蜻蛉日記』にはじ

まり江戸時代の日記や文学につらなる散文の日記文学によって作られていることには、ほとんど議論の余地がないだろう。それでは、明治維新以後の時代には、この二つの主潮流はどうなったのであろうか。……「自然主義」の小説家たちは私小説を書くことによって無意識のうちに『蜻蛉日記』に立ち戻っている。むしろ彼らの存在は、『万葉集』および『蜻蛉日記』の時代以来日本文学に及ぼしてきた外国（中国および西洋の文学）の影響がほとんど完全に消失してしまった事態があることを示している。[54]

加藤は私小説文学の伝統を、それが日記文学の最も古い形態、一〇〇〇年前の平安時代の貴族女性が書いた『蜻蛉日記』とつながる関係から探っている。そして、私小説作家は無意識のうちに日記文学に逆戻りしてきたということを示唆する。

私小説の伝統性は単純な文学の内的現象で説明できる問題ではなく、文学的なコードから時代を乗り越え、妥当性のあるいくつかの要素を関連させてこそ説明が可能である。そうであれば、なぜ私小説と日記文学を関連づけるのか？　日本における日記文学は、いろいろな個人的体験を続けて記録する形態の文学ジャンルである。「日記」という言葉の通常の作用から分かるように、著者は日付と時間を記録し自分の生活を規則的にメモする。有名な日記文学作家の特徴は、非常に私的な生活領域の叙述の中に限定される。同様に、随筆文学は、日記に比べ構造としては緩やかだ。随筆文学の特徴は身辺的であるという点であり、このような点は日記文学でも同じである。

私的な生活領域で重要であると考えられることは、結婚より恋愛であり、公共の生活より家庭生活である。したがって、日記文学と随筆文学、私小説との共通点は、社会に背を向け隠者のような態度をとった点である。私小説、随筆文学、日記文学は、「真実ではないこと」と「虚構」を排除し、「真実」と「事実」を追求した。このような真実と事実を重視し虚構を度外視した、一〇〇〇年前の日記文学の伝統が私小説に継承されたのである。

注(35) 小林秀雄「私小説論」「経済往来」一九三五年五月~八月。ただし、ここでは『小林秀雄全集』第三巻、二〇〇一年一二月、新潮社、p.381~p.383を参照している。
(36) 中村光夫『風俗小説論』p.544、(14)に同じ。
(37) 鈴木登美『語られた自己―日本近代の私小説言説』二〇〇〇年、岩波書店、p.3による。
(38) 鈴木登美『語られた自己』p.16、(37)に同じ。
(39) 鈴木登美『語られた自己』p.10、(37)に同じ。
(40) マラルメの発言をはじめ、この節はロラン・バルト『テクストの楽しみ』一九九七年、韓国・トンムンソン、キム・ヒヨン訳を参照している。原注では(3)にあたる。なお、この部分は、日本語文献では『物語の構造分析』一九七九年、みすず書房、花輪光訳所収の「作者の死」の内容にあたる。
(41) ラカンの考えをはじめ、この節はロラン・バルト『テクストの楽しみ』((40)に同じ)を参照している。原注では（4）にあたる。この部分は、日本語文献では『物語の構造分析』（(39）に同じ）所収の「作品からテクストへ」の内容にあたる。
(42) イルメラ・日地谷＝キルシュネライト『私小説―自己暴露の儀式』一九九二年、平凡社、三島憲一他訳を参照。原注の（5）には、〈以下の部分はこの本を参照した〉と書かれている。
(43) 三浦哲郎「私と私小説」「國文学　解釈と鑑賞」一九六二年一二月、p.55による。
(44) 三浦哲郎他座談「私小説の源泉」「早稲田文学」一九七七年七月、p.6による。
(45) 林芙美子「著者の言葉」『林芙美子全集』第二巻、一九五一年、新潮社、p.２９１による。
(46) ここでは、著者が参照した『私小説―自己暴露の儀式』（(42）に同じ）から再引用している。なお、原典は以下のようになっている。Caudill, William und Doi Takeo, 1963: Interrelations of Psychiatry, Culture and Emotion in Japan, in: Man's Image in Medicine and Anthropology, hrsg. v. Iago Galdston, New York, S. 374-421.
(47) 宮城音弥「私小説の心理学」「文学」一九五三年一二月を参照。
(48) ここでは、著者が参照した『私小説―自己暴露の儀式』（(42）に同じ）をもとに、森川達也「私小説方法化の問題―再び私小説論を」「近代文学」一九六一年八月、p.13から引用している。
(49) 荒正人「私小説論」「文学界」一九五二年九月、p.23による。
(50) 道家忠道「私小説の基礎」「文学」一九五三年一二月、p.52による。
(51) 三島由紀夫他座談「日本の現実と新しい文学の可能性」「世界」一九五六年四月、p.１４６

による。

(52) 宇野浩二「「私小説」私見」「新潮」一九二五年一〇月。ただし、引用は、『現代日本文学論争史　上』一九五六年、未来社、p.117による。

(53) 外山滋比古「私小説読者論」「早稲田文学」一九七七年七月、p.25による。

(54) ここでは、著者が参照した『私小説―自己暴露の儀式』（(42)に同じ）から再引用している。なお、原典は以下であり、表紙には「日本芸術論」と書かれている。Katō Shūichi, 1971: From Style, Tradition: Reflexions on Japanese Art and Society. Berkeley, Los Angeles, London.

六、現実を回避した逃亡奴隷

明治末期から大正時代までに渡って、日本近代文学が完成に到達したとき、私小説は文学の王座を占めていた。当時私小説は最高の理想的な文学様式であり、同時に最も多く傑作を生んだ文学形式だった。〈私はかの「私小説」なるものを以て、文学の、――と云つて余り広汎過ぎるならば、散文芸術の、真の意味での根本であり、本道であり、真髄であると思ふ〉と言った、久米正雄の文章が当時の文壇を代弁している。[55] 明治時代に、田山花袋が書いた『蒲団』が多くの欠陥を持っていたにもかかわらず、大正の作家たちがその形式を踏襲したり、その延長線上で作品を書いたということは奇異な現象である。同様に、『蒲団』が近代小説をねじ曲げ日本文壇の大きな不幸であったなど、多くの批判を受けたにもかかわらず、私小説は同時代人の関心と模倣を呼び、今日までその命脈を維持して日本文壇において大きな比重を占めている文学ジャンルである。

作家の実生活をありのままに、事実として表現するという日本の私小説は、小説が虚構や想像力の構築物であると受けとられた西欧とは完全に異なる概念から成立した。したがって、「現実がすぐ小説になる」という私小説はたくさんの批判を呼び起こした。フィクションが小説の骨格であるにもかかわらず、私小説は自ら小説の武器を捨てたという批判や、日本の独特なジャンルだと文壇が自画自賛した私小説が小説形態としては弱点だらけだという批判もあったし、また、滅亡の文学、破滅者の文学とも呼ばれた。このような多くの批判は私小説を好きであろうとなかろうと、私小説が日本の文学伝統の核であり、原型であるため発生したのだ。

日本の私小説は、事実をあがめて虚構を排斥する日本という特殊な社会の中で誕生した。私小説の自伝的性格、物語式の造型に対する反発は小説技法が後進的だからではなく、現実の生活基盤を重視する日本人たちの本能的な感情から出たのだと見なければならない。つまり、フィクションを表面とする作品の背後には現実の基盤がなく、現実を再現するのは不可能だということを感じた作家の本能的な回避があったのだ。そして、日本の読者たちが感動する文学は、原則的に作られたことや観念化されたものから出てくるのではなく、経験した生活、事実と確認されたことから出てくると考えられる。

私小説作家の政治的無関心も、隷属を強要する現実の力のために可能だったのだ。伊藤整が、私小説作家を「社会から文壇へ逃亡した日本の逃亡奴隷」だと言ったことは説得力を持つ(56)。彼は、現実から逃げて現実の自己の立場を無にして行動する文学をこの上もなく日本的な方法であると言った。日本の作家の中には無産者出身が多かったし、文士は俳優などと同じ低俗で卑賤な存在だった。特に、日本の私小説作家たちの中には貧しい地方出身者が多かった。有産階級だった夏目漱石や森鷗外は、比較的よい生活条件と社会で紳士という地位を維持するため、告白的な自伝を抑制しなければならなかった。ようやく食べて暮らすことができたような私小説作家は仮面も必要なかったし、執着する俗世も持つことができなかった。彼らは出発時点から失うものが何もない「生活失格者」だった。フィクションは滑稽なものだった。フィクションは、紳士たちが外出するとき着る燕尾服のようなものだったが、逃亡奴隷によそ行きは必要なかった。

現実や社会と闘争しない者は、現実に屈服する通俗作家になるか無関心派になる。日本文学に社会的な性格と政治的な関心は、不思議なほどに現れない。近代文学のこのような性格は、日本文学の伝統の中からも見つけることができる。過去に現実を放棄した実践的作家たち、出家して小さい庵で生活した和歌（日本固有の定型詩）作家鴨長明、全国各地を遊覧しながら詩を書いた松尾芭蕉がそうだ。彼らは日本の社会制度の中から脱出して現実の権力とつながっている社会を捨て、遊覧したり山の中に隠れて暮らしたのだった。日本の私小説作家の現実、社会逃避も、これらの聖人と無関係ではないだろう。

田山花袋の『蒲団』の影響から排出した多くの私小説は、全て作家の自伝的な要素をその素材としていた。『蒲団』のモデルが実際の花袋と花袋の家に寄宿した女弟子だったように、島崎藤村の『新生』は妻と死別し姪を妊娠させるようになった前後の話を吐露した告白小説であり、岩野泡鳴の『五部作』は家庭の破壊という現実の上で成立した。大正時代の私小説的伝統の最後を飾る人として見なされる太宰治の『人間失格』も、人間としての資格を失っていく自分をモデルに書いたのだと言うことができる。

彼らは私小説を書くために、実生活では作中人物として変身しなければならなかった。「現実が即芸術」という私小説の方式は芸術を貫徹するために、現実を犠牲にするしかなかった。一方、作品を完成するために、作家はその生活を題材にして日常生活で作中人物として変身しなければならない、という価値転倒が形成されるのだ。これが私小説方式の限界点だった。私小説作家の場合、芸術家生活の持続と平和な家庭生活は一致しない。家庭の平和は芸術家の情熱を沈静させ、家庭の危機という犠牲物があってこそ飛び抜けた作品を完成させることができた。田山花袋、島崎藤村、岩野泡鳴、太宰治は、芸術と家庭の二者択一から前者を選んだ。太宰治はまさにその犠牲者だった。薬物中毒と四度の自殺を試みた太宰治にとって、正常な生活はおかしなものだった。結局、太宰治は死ぬことによって、その矛盾を解決したのだった。

注(55) 久米正雄「私小説と心境小説」「文芸講座」一九二五年一、二月。ただし、引用は、『現代日本文学論争史　上』一九五六年、未来社、p.109による。

(56) 伊藤整『小説の方法』一九四八年、河出書房。ただし、ここでは『伊藤整全集』第一六巻、一九七三年六月、新潮社所収のものを参照している。

【主要参考文献】

ロラン・バルト『テクストの楽しみ』一九九七年、韓国・トンムンソン、キム・ヒヨン訳

安英姫「韓日近代小説に現れた告白体小説の展開—田山花袋・岩野泡鳴・金東仁」『韓国近代文学と日本』二〇〇三年、韓国・ソミョン出版

安英姫「岩野泡鳴「断橋」の改作」「日本語文学」二〇〇三年一〇月、韓国・日本語文学会

安英姫「『蒲団』と日本自然主義」「日本語文学」二〇〇四年二月、韓国・日本語文学会

安英姫「韓日近代小説に現れた小説言説と描写理論—田山花袋・岩野泡鳴・金東仁」(日韓近代小説に現れた小説言説と描写理論—田山花袋・岩野泡鳴・金東仁) 東京大学大学院博士学位論文、二〇〇五年五月

エーリッヒ・アウエルバッハ『ミメーシス』一九七九年、韓国・民音社、金禹昌他訳

伊藤整他『日本私小説の理解』一九九七年、韓国・小花、劉恩京《ユ・ウンギョン》訳

小林秀雄「私小説論」『小林秀雄全集』第三巻、一九六八年、新潮社

中村光夫『風俗小説論—近代リアリズム批判』『中村光夫全集』第七巻、一九七二年、筑摩書房

イルメラ・日地谷=キルシュネライト『私小説—自己暴露の儀式』一九九二年、平凡社、三島憲一他訳

鈴木登美『語られた自己—日本近代の私小説言説』二〇〇〇年、岩波書店、大内和子・雲和子訳

日本の私小説と『離れ部屋』

一、序　論

日本の私小説は、作家の体験をありのままに書いた作品である。このような文学様式は、どこの国にもある一般的な文学様式である。しかし、私小説は日本だけが持つ独特な文学様式だと言われる。堀巌は、私小説についての定義があまりに広範囲だとして、次のように定義をする。[1]近代小説をふくめて一般に、小説はフィクションによる散文芸術だと言うことができる。小説は虚構の極限状況の中へ、虚構の人物を投げ入れ、「彼」または「彼女」がその極限状況をいかにして生きるかを実験する。小説は、本来は実験小説である。このように私小説も、本来は実験小説である。ただ、私小説はフィクションの代わりに、作家自身を主人公にした実験小説で、作家が実生活の極限状況をどのように生きていくかを報告する実験記録ともいうべき作品である。結局、私小説は小説の中で作家自身が主人公になって、自身の体験を事実のまま書いた小説である。

私小説は、小説がフィクションであるにもかかわらず、作家が経験した事実を書く独特な小説様式として、多くの西欧の研究者たちを不思議がらせた。私小説作家たちは自身の経験を率直に告白し、私小説の読者たちは作家がどれぐらい作家の私生活を装うことなく率直に表現したかに、より多くの関心を持つ。したがって、私小説はフィクションを事実へと転倒させてしまった新しい日本の小説様式だと言える。私小説の元祖は、一九〇七年に出た田山花袋の『蒲団』である。文学史的には、『蒲団』は日本自然主義の道を歪曲し私小説の道を開いたとされる。そこから、『蒲団』が西洋自然主義を誤解したのだという批判が主に完成した。つまり、田山花袋が西欧の近代文学を正確に理解できずに、小説と真実を混同したのである。理由はともかく、日本の近代文学は田山花袋が道を開いた私小説の方へ発展したとして、読者たちは私小説を受け取ることになった。私小説は、私小説を愛読した読者たちがなかったとしたら、一〇〇余年という長い間存在することはできなかったのである。韓国でも特殊な形態の告白文学である私小説を一部の作家が試みたが、多くの読者層を持つことはできなかった。今まで韓国で大部分の作家と読者は、日本の私小説を受け入れなかった。ところが、一九九〇年代以後、多くの女性作家たちが私小説とほとんど一致する小説を書きはじめて、多くの読者層が生まれるようになった。その代表的な作家が申京淑《シン・キョンスク》だと言える。

日本の私小説の研究者たちは、申京淑の『離れ部屋』(一九九五年)の私小説と一致する点に注目している。しかし、具体的な研究はまだないのが実情である。そこで筆者が『離れ部屋』を分析しながら、私小説との関係について見ていきたい。ここでは、私小説において問題になっている小説を書いた小説家の姿が現れる小説家小説と事実とフィクションの関係、小説の中に社会性がどのように現れたかに注目しながら、『離れ部屋』と私小説との関係を見ることにする。

【テキストについての説明（訳者による）】

『離れ部屋』は、「文学トンネ」という季刊雑誌に一九九四年の冬から一九九五年の秋にかけて、一号から四号に連載された。これは四章構成の単行本と基本的に一致している（作品でも言及されているように、この作品はもともと一九八九年に同名の短編小説として発表されてもいた）。そして、一九九五年一〇月に分冊の形で文学トンネ社より単行本化、一九九九年一二月には一、二巻を一冊にした改訂版が出版される。日本語翻訳版はこの改訂版をもとにし、二〇〇五年六月に安宇植《アン・ウシク》訳で集英社から出版された。

なお、雑誌連載から単行本化にあたっては、結末部に大幅な加筆がある。雑誌連載は一九九五年八月八日で終わり、以下、再び済州に行った〈わたし〉が、そこで書いているとされる八月二六日～九月一三日までの部分はすべて単行本の際の加筆である。冒頭の問いを少しだけ変えた〈この作品は事実でもフィクションでもない、その中間くらいになったような気がする。それにしても、これを文学といえるのかどうか。もの書きについて考えてみる。わたしにとってものを書くということはどういうことか？　を〉という問いも、その際、書き加えられた。また、改訂版出版の際には、更にいくつかの修正が見られる。

今回、安英姫氏は分冊の単行本をテキストにし、この翻訳では日本語版をテキストにしている。本稿では、（1― p.9／p.3）のように、先に安英姫氏が実際に引用した韓国語の分冊版の巻数とページを示し、スラッシュで区切り日本語版のページを示している。なお、先に述べたように、分冊版から日本語版のもととなった改訂版までには修正が見られるため、安英姫氏が引用する文章が削除されていることが四回あった。その際には、スラッシュの後を〈改訂版削除〉とした。

注（1） 堀巌『私小説の方法』二〇〇三年、沖積舎、p.92を参照。

二、小説家小説と日本の私小説

近代小説が文章を書く作家の姿を作品の中で隠したとしたら、いつの頃からか文章を書く作家の姿が小説の主人公としてしきりに登場しはじめた。一九六〇年代から、西欧の小説は伝統的な内容と形式から脱皮し、急激な変化を見せた。小説はより以上のリアリティを再現することができる、あるいは普遍的真理を提示することができるふりをしなくなったのだ。このような変化は、小説はもはやリアリティを再現することもできず、真実を提示することもできないという認識からはじまることになった。このような認識には、今日私たちが信じているものごとの当為性に対する根本的な不信と懐疑が根ざす。私たちが信じているリアリティや真理などが固定普遍の真実ではなく、流動的で抽象的な構築物であるなら、あるいはフィクションとリアリティ、虚構と真実の間の関係性が崩れてしまうなら、フィクションはどのようにリアリティを再現することができ、真実を提示することができるのか？　このような状況から小説を書くということ、文章を書くということは何を意味するのか？　小説が伝統的な小説様式や言語で、急変する現代のリアリティを描写できる力を持っているのだろうか？　メタフィクションは、このような疑問からはじまった。メタフィクションという用語は、フィクションとリアリティの間の関係に疑問を提示するために、自ら一つの人工物であることを意識的、体系的にさらけ出す小説手法を指し示している。これは長い間、真理として通用したアリストテレスの「模倣理論」に根本的な疑問点を提起することを示している。一八〜一九世紀小説において、個人は家族関係、結婚や出生や死を通して、社会構造の中に「和合」して存在した。モダニズム時代の小説では、既存社会の構造と慣習に対する「反対」と個人の「疎外」を通してだけ、個人の自主性が持続される。しかし、現代においては、個人を抑圧する社会の権力構造が極度に複合的かつ巧妙に混在していて、反対し戦わねばならない対象が明確にならないようになった。同様に、真実と虚構の区分もまた明確でないために、現代小説の抵抗もまた複合的で不可視的になった。[2] メタフィクションという用語が現れる前に、すでに文章を書く作家の姿が小説に現れるという書き方は、私小説において頻繁に見ることができる形式であった。なぜなら、文章を書く作家はただちに主人公として、作家の姿が小説に頻繁に現れるしかないのが私小説であるからだ。あるいは、私小説作家は、自身の経験を事実通りに書かねばならず、私小説の読者は小説を読むとき事実として読まねばならないのが私小説の公式である。結局、私小説は作家と読者の共同体が形成されたときにだけ成立する。

中京淑の『離れ部屋』は、書くことに対する問いかけからはじまって結ばれる。次は『離れ部屋』の冒頭の部分と終わりの部分である。

これは事実でもフィクションでもない、その中間くらいの作品になりそうな予感がする。けれども、それを文学といえるのだろうか。もの書きについて考えてみる。わたしにとってものを書くというのはどういうことだろうか？　って（1―p.9／p.3）

この作品は事実でもフィクションでもない、その中間くらいになったような気がする。それにしても、これを文学といえるのかどうか。もの書きについて考えてみる。わたしにとってものを書くということはどういうことか？　を（2―p.281／p.462）

この最後の部分は雑誌連載当時にはなかった部分であり、単行本として刊行されて付け加えられた部分に属する。単行本でこの部分が付け加えられたことによって、より完成度の高い作品となった。小説の冒頭からこの文章が事実とフィクションの中間ぐらいの文章になる予感がすると し、小説の終わりではその中間ぐらいの文章になったと言っている。あるいは、『離れ部屋』は最初から書くことに対する悩みからはじまり、終わりでも書くことに対する悩みで締めくくられている。ポストモダニズム文学では、作家が自身の叙述を振り返って疑う自意識的叙述（メタフィクション）が現れる。文章を書く作家の姿を見せてくれるメタフィクションは、現実と虚構との境界と瓦解であり、人物と読者に選択権を与える開かれた小説である。メタフィクションは、小説が絶対的あるいは普遍的真理を提示したり、リアリティを再現することができないと述べる。

小説において問題視される事実とフィクションの問題、つまり真実と虚構の問題が、現代社会になってリアリティとフィクションの差異が曖昧になってきたためである。メタフィクションは、不安と不確実性が文章にまで及び、真実がベイルにふさがれて見えなくなった二〇世紀後半を代表する一つの文学的形象であって、神的な権威を持って人生の真理を提示してくれた著者たちが人間的な位置に立って読者たちと一緒になって悩み彷徨し、脱出口を模索した民主的文学運動でもあった(3)。

一九世紀事実主義（リアリズム）に対する反発が二〇世紀前半のモダニズムであり、更にこれに対する反発がポストモダニズムである。ポストモダニズムは、一九六〇年代に起こった文学運動で、政治、経済、社会の全ての領域と関連する一時代の理念である。ポストモダン時代は、ニーチェ、ハイデッカーの実存主義を経て、J・デリダ、M・フーコー、J・ラカン、J・リオタールに至ってはじまる。デリダは、どのように書くことが話すことを抑圧し、理想が感情を、白人が黒人を、男性が女性を抑圧してきたのかを二分法にして示してくれた。フーコーは、知識が権力に抵抗してきたという啓蒙主義以後、発展の論理の虚像を見せてくれ、知識と権力は敵ではなく同伴者であると言った。二人とも、人間に内在する本能として、権力は上からの抑圧ではなく下から生じる生産であり、理性によって除去されるのではないとした。文学では人物の独白が消え去り、もう一度著者が登場するのだが、もはや一九世紀事実主義のような絶対的な再現はできない。

この小説では、至るところに文章を書く作家の姿が現れている。

もの書きというものはそういうものだったのか。ものを書いているからにはどんな時間も、過ぎ去った時間ではないのか。旅立ってきた道が滝であろうと、ふたたび鰭を引き裂かれながらその滝をさかのぼって帰ってくる鮭の群れのように、痛みを伴う時間の中を現在形として逆流して流れ込んでくるしかない運命が、ものを書く者には委ねられているのだろうか。鮭は回帰して行く。腹部に突き刺された傷口を抱えようと、何としてもまたふたたび命がけで滝をさかのぼって、初めの場所へ戻っていく。そう、戻っていくのである。通り過ぎた道をたどって、足跡をまさぐりながら、ひたすらその道を。（1―p.38～p.39／p.28）

ここでは文章を書く作家の姿を見せながら、作家自身の内面を告白している。文章を書く以上、どんなことも過去形になることはないと言う。〈……文章を書いて生きていく者たちの孤独は、その染みいるものが終わったときはじまるのだ。自ら過去へ遡って、もっとも難しかった初めへと帰って行ってしまわねばならない孤独〉（2―p.199／改訂版削除）。書くという行為は、彼女自らが過去の傷を長く遡り、現在の悩みへと注ぎこむ過程自体である。何よりこの書くことは、女工でもあり産業体特別学級の学生として経験した過去の傷の時間に対する告白であり、作家として現在悩んでいる内面、心境についての告白であるという形式をとっている。書くことに対する自意識的な悩みをそのままさらけ出している。

彼女の文章では、はじめから終わりまで文章を書くことで起こってくる過程がそのまま再現される。

（1）十六歳から十六年が流れたある日のこと、いまや作家になっていたわたしは急ぎの原稿を書いていた。ソウルへ上京してきたオムマが、しきりに話しかけてくる。（中略）オムマは一九三〇年代生まれだし、わたしは一九六三年生まれだもの。（1—p.48／p.35～p.36）

（2）わたしがこの原稿を書き始めてから、秋と冬と春が通り過ぎて、いまは夏だ。わたしはこの夏に、この原稿を書き終えるつもりだ。書き始めた頃から、急いで書き終えたいと思っていたけれど、いまはこの原稿の結末を、ただの一度も考えてみたことのない人みたいに、わたしはぼんやりしている。（2—p.217／p.412）

（3）八月が始まった。もはやこれ以上、話すことはない。出版社へこの原稿を渡さなくてはならないけれど、わたしの中のまた別のわたしは、初めからもう一度、初めからもう一度……粘り強く、初めからもう一度とささやきかけた。（2—p.233／p.425）

（4）明日は中秋の名月が昇る、秋夕だ。この原稿を書き始めた去年の秋夕にも、わたしはこの島にいた。こうして続けて二度の秋夕を、この島で過ごすわけか……一九九五年九月八日に。（2—p.273／p.456）

（5）ある日は、この文章を初めて書き始めた済州島へもう一度行こうかと考えた。しかし、思ってはみたが、発つことはできなかった。この文章を本として出す前に、もう一度脱稿する時間が与えられるようになれば、そのときはひょっとすると済州島に行っているかもしれない。今としては、そうしたい。（2―p.220／改訂版削除）

（6）体のほうは曰く言い難いくらい疲れているのに、意識ばかりはますますはっきりしてくる……一九九五年九月十三日に。（2―p.281／p.462）

前の引用を見れば、小説家である現在の語り手がいつから文章を書きはじめ、いつぐらいに完成したかを知ることができる。作品の〈一年前にわたしはこの場所で、ここは島、済州島……家を離れて原稿を書くなんて、初めてだ、と書いたことを思い出した。そう、すでに一年前のこと。（中略）一九九五年八月二十六日に〉（2―p.264／p.448〜p.449）という部分を見れば、書くことの過程がよりよく分かる。『離れ部屋』の叙述の特徴は、三二歳である現在の語り手が告白的に書くことを通して一六歳の〈わたし〉を再現する点である。一九六三年生まれの語り手は、現在三二歳である。現在の語り手が三二歳から三三歳まで、済州島で原稿を執筆しはじめて、脱稿するまでの時間は一九九四年九月から一九九五年九月である。テクストに一九九五年九月一三日、最後に文章を書いたとあるので、おそらくこの頃が締め切りだと推測できる。『離れ部屋』の単行本の出版印刷が一九九五年一〇月一〇日で、出版発行が一九九五年一〇月二〇日なので、上の内容はある程度事実に基づいていると言うことができる。したがって、フィクションの代わりに、事実を根拠とし作家自身を主人公とした一つの実験小説が私小説だと言った、堀巌の私小説に関する定義とも確かに一致する。

『離れ部屋』では作家が事実を根拠として小説を書いているのだが、書くことそのものが小説であるということを常に認知させてくれる。事実とフィクションに対する悩み、フィクションとリアリティに対する問題提起は虚構と事実の境界にある小説についての悩みである。このようなメタフィクションの登場は、この時代を生きていく作家たちの苦悩をそのまま表出していると言うことができる。廉武雄《ヨム・ムウン》は、〈申京淑の『離れ部屋』は、そのような面でもっとも徹底してほとんど実験小説のような前衛性さえ保有する。それはこの作品が自発的に、自身の美学的な偽装を暴露して小説的仮面を除去することで小説とフィクション（作家自身の言葉をそのまま移せば、〈フィクション〉と〈事実〉）の境界を壊している〉と述べる。(4) 彼は〈この作品ははかりしれない熾烈な作家精神の産物であり、渾身の力をこめた書くという行為がなし遂げた感動的な業績であるにもかかわらず、本質的には不確実で未完性なある何かである。（中略）『離れ部屋』の断片性と不安定性は、申京淑にとっての書くことが底の見えない虚無の時代にあって、自己本体性（自身の本当の姿）の獲得のための悪戦苦闘の歩みであったことを作品自体でもって証明する。『離れ部屋』は一つの小説であると同時に、一種のメタ小説である。橋を架けながら、橋を渡らねばならないのがこの時代の芸術家の運命であるなら、私たちは間違いなく「全ての固定されたものは煙のように飛んでいってしまう」不安な時代を生きているのかもしれない〉とする。廉武雄は、『離れ部屋』の不確実で未完性な書き方は、虚無の時代を生きるこの時代の必然的なことだと言う。南鎮祐《ナム・ジヌ》は、〈このような小説を書く作家が作品の前面に登場し話を解きほぐしていく方式は、この作家がポストモダニズムの新しい技法に魅力を感じたのではなく、そのようにしなければならない内的必然性故と見なければならないのである。作家は作品と一定の距離を取ったまま客観的に話を伝達する者ではなく、絶え間なく話に介入してきてその意味を反芻し、その必要性と正当性に問いを投げかける。小説中の話は作家の頭の中で完了した状態としてあるが、紙面の上へ移動するのではなく作家が書くことによって継続して他の意味を形象するに至る〉と述べる。(5) 私たちは、固定化され、定型化されたものを解体する時代に生きている。最初から小説の筋が正解になっているのではなく、小説を書きながら絶えまなく変化する。ポストモダニズム運動と関連したこのような書き方は、日本の私小説ですでに頻繁に使用されていた。

小説の中には、小説を書く作家と文章を読む読者の関係がそのまま現れている。

出版社から一通の郵便が転送されてきた。

(中略)

今日は。

数日前、シン先生の『離れ部屋』第二章を読みました。この前の章よりも事件が多かった

うえ、面白かったので一気に読んでしまいました。（2―p.86～p.87／p.298～299）

『離れ部屋』は、全部で四章で構成されている。雑誌「文学トンネ」に連載された小説を読んで一九九五年三月六日に送った、永登浦女子高校産業体特別学級の教師ハン・ギョンシンの手紙である。この部分は第三章であるが、第二章を読んで送ったハン・ギョンシンの手紙を第三章でそのまま引用している。一九九四年九月から一九九五年九月まで、小説を書きながら起こった事などがそのまま小説中に再現されているのだ。このように小説を書く作家の様子をそのまま見せることで、小説がフィクションであるより事実であるという確信がより一層強くなる。同時に、書くことが一つの加工的な作業であることを見せてくれる。これは全てのことをありのままに再現し、提示することができるというアリストテレスの模倣理論に対する問題提起である。以下のように、〈もはやこれ以上、遅らせるわけにはいかなかった。この作品を完成させなくてはならなかった。すべての支度はととのった。新しい約束もつくらなかったし、この作品のほかにはどんな作品も、書くことがないようにしておいた〉（2―p.202／p.399～p.400）とある。文章を書きながら感じる喜怒哀楽が、そのまま文章を通してさらけ出されている。文章を仕上げるための作家の決意が見える。すべての誘惑を振り切り、書くことだけに専念しようとする作家の姿勢がある。〈どこにも行かずにこの部屋で汗を流しながら、熱いコーヒーをひっきりなしに飲んだ〉（2―p.220／改訂版削除）。締め切りに間に合わせようとする作家の必死の努力である。

申京淑は、この小説を書いている現在がそのまま小説化されていく異常な作業だったと明かす。これは日本の私小説作家たちの書く手法と同一である。彼女はインタビューで、この小説のはじめに〈これは事実でもフィクションでもない、その中間くらいの作品になりそうな予感がする〉、そして〈それを文学といえるのだろうか〉という質問を投げかけた後、書き方が自由になったとする。それによってどんな現象が起こったかと言えば、〈小説を書いている全ての瞬間がものすごく敏感に作用しました。その当時私が読んだ新聞記事の一行、誰かと話した電話の一本、こんなものまで全部一緒に、現代美術でインタラクティヴ・アートみたいに、そのまま小説のなかに入る状況、そのまま小説となる。だから小説と生活が別々に分離されていなくて、一緒に混ぜて全ての時間がみな小説の中に入る、そんな役割をしました〉と述べる(6)。現実と小説を区分せずに、現実がそのまま小説になる私小説作家の書き方と同一な現象が起こっている。申京淑が言うこの部分は、日本の私小説と一致する不可思議な部分でもある。申京淑は日本の私小説をまったく意識しなかったし、私小説だと呼ばれることさえ嫌っているが、小説が現在に同化されて現実なのか創作なのかさえ区分するのが難しい点は私小説が持つ特性の一つなのである。今まで私小説は、日本にだけ存在する特異な小説形態だと知られてきた。しかし、申京淑の『離れ部屋』は、私小説とはまったく関係ないが、読者からすると私小説と同じ形をしていると言うことができる。

注(2)　金聖坤《キム・ソンゴン》「書評　メタフィクション」ポトゥリシャウォ著、韓国・ヨルム社、キム・サンウ

訳、p.408〜p.411を参照。

（3）金聖坤「書評　メタフィクション」p.414を参照。（2）に同じ。

（4）廉武雄「書くことの本体性を探して」韓国・「創作と批評」一九九五年冬号、p.278による。

（5）南鎮祐「井戸の暗闇から白鷺の森まで―申京淑『離れ部屋』に対するいくつかの断想」『離れ部屋1、2』一九九五年、韓国・文学トンネ、p.289による。

（6）申京淑「記憶と疎通」科学研究費補助金「研究成果報告書」『アジア文化との比較に見る日本の「私小説」―アジア諸言語、英語との翻訳比較を契機に』二〇〇八年、p.137による。また、この部分は、朴賢悧《パク・ヒョニ》「記憶と年代を生成する告白的書き方―申京淑『離れ部屋』論」韓国・「語文研究」48、二〇〇二年、p.382を参照している。

三、私小説と『離れ部屋』の叙事

1、二重構造の叙事――作家

書くことについての問いと合わせて、『離れ部屋』の最も大きな特徴の一つは、文章を書く現在の視点と過去の視点が反復的に現れる二重の構造である。過去の〈私〉は、一九七八年から八一年まで（一六歳から一九歳まで）、永登浦女子高校産業体特別学級に通う時期に該当する。現在の〈私〉については三二歳から三三歳まで、済州島で原稿を執筆して脱稿するまでの一九九四年九月から九五年九月に至る一年の期間に関することである。

（1）ここは島である。

夜の海に浮かんでいる漁船の漁り火が、開けてある窓越しにこぼれ落ちて入ってくる。ひょっこりと、一度も来た覚えがないこの島へ来て、わたしは十六歳のときの自分のことを考える。十六歳の自分がいる。この国のどこででも見かける、これといって特徴のないぽっちやりとした顔形の少女。一九七八年、維新末期、アメリカの新たに就任したカーター大統領は在韓アメリカ軍の段階的な撤退計画を発表し、国務副長官クリストファーが（後略）（1―p.9～p.10／p.3）

（2）わたしの田舎の家では、高校へ進学できなかった十六歳の少女が、ラジオから流れてきた『わたし、どうしよう』を聴いていた。（1―p.10／p.4）

（3）ここは島、済州島。

家を離れて原稿を書くなんて、初めてだ。（1―p.11／p.5）

（4）ただいま十六歳のわたし、黄色いチャンパン（分厚い油紙）が敷きつめられているオンドル部屋の床にうつぶせになって、手紙を書いている。お兄ちゃん。早くわたしをここから連れだしてよ。（中略）もう六月。（1―p.13／p.6）

（5）最初の長編小説が出版されて幾らも経っていない去る四月のある日のこと、昼寝をむさぼっているさなかの朦朧とした意識の中で、わたしは一本の電話を受けた。幾分ボリュームのある女性の声が、わたしを呼んだ。（中略）「あたしじゃないの、あたしのこと忘れてしまったの？　あたし、ハ・ゲスクよ」（1―p.17／p.9）

（6）もの書き、わたしがこれほどもの書きに心を惹かれているのは、これによってのみ、わたし、という存在が何者でもないという疎外感から、脱けだせると思うからではないのかしら。（1―p.16／p.8）

『離れ部屋』は、現在の〈わたし〉と過去の〈わたし〉が反復して現れる二重の構造である。(1)から(5)まで、現在・過去・現在・過去・現在の順で、時間が交差している。(1)〈ここは島〉から、文章を書いている場所が島であることを知ることができる。ここでは、現在作家である〈わたし〉が〈一度も来た覚えがないこの島へ来て、わたしは十六歳のときの自分のことを考える〉とあり、文章を書いている現在の〈わたし〉は済州島で文章を書きながら過去の〈わたし〉を思い出しているということが分かる。(2)一六歳の〈わたし〉が『わたし、どうしよう』を聞いている。(3)現在の〈わたし〉が家を発ち書くことをはじめたとある。(4)再び、一六歳の〈わたし〉が兄にソウルへ連れ出してくれと手紙を書く。(5)現在の〈わたし〉は、はじめての長編小説を出版した四月に一本の電話を受ける。ここでの初の長編小説とは、一九九四年に出版された『深い悲しみ』であると推定される。このように『離れ部屋』は、過去と現在を往き来して話が進行する。

過去と現在の時制は、以下のようである。

ようやく文体が決まってきた。短文。きわめて単調に。過ぎ去った時間は現在形で。現在の時間は過去形で。写真でも撮るように。鮮明に。離れ部屋がまたふたたび閉ざされることがないように。そのとき地べたを見つめながら、訓練院の門を目指して歩いて行くところだった、大きい兄の孤独を文章の中に引き入れること。(1—p.47/p.35)(7)

〈過ぎ去った時間は現在形で。現在の時間は過去形で〉と、作家は時制を決めている。一般的には現在の時間が現在形で、過去の時間は過去形にするはずなのに、反対にする理由は何だろうか？　申京淑はこの部分について、次のように述べている。〈過去を書く時は現在形で、今行われているように書く。逆にこの現在は過去の中に入って、立場を逆転させました。私はこの二つが交わっていると、それが両方とも過去にならず、むやみに現在にもならず、互いに両方が完全に交わることを期待していました〉(8)。実際に、彼女は過去なのか、未来なのか、あるいはこの現在か、それぞれ区別される気がしなかったと述べている。いつでも私たちは現在だとするその視点から、〈わたし〉という存在が何であるか選択したり、生きているうちに過去だと言われる時間が知らない間に影響を与える、特に何かを選択する時、過去が影響を与える。つまり、過去と現在が完全に分離するのではなく、過去によって現在が決定され、現在の〈わたし〉は過去の〈わたし〉によって存在していると言える。廉武雄は〈過去の事実はまるで今目の前で繰り広げられるように、現在形で記述されることによって過去性が喪失し現在化される。「バック・トゥ・ザ・フューチャー」とは反対で、私たちはその現在形によって「過去の中へ押し開けられ入っていくこと」になる〉としている。(9)彼は現在形の叙述を通した過去の再現を歴史的現在とし、再現による生動感を感じて過去性を喪失したと言った。一方、白楽晴《ペク・ナクチョン》は、〈過去性の喪失〉ではなく、〈どんな意味においても、一度も完全に過去になることができずに現在として残る体験を、その現在性のままに叙述することによって、ようやく過去性を付与しようとするもがきだと言うことができる〉とする。[10] 総合してみると、一般的には、過去形は過ぎた時制として客観性が強く、現在形はまだ客観化されていないものとして、客観性が低いと言うことができる。過去を現在形にするというのは過去がまだ客観化されていないという意味でもあり、過去が過去として残っているのではなく現在としていきいきと再現されるという意味でもある。そして、現在を過去とするというのは、現在に客観性を付与し、文章を書いている作家のあり様を客観化させる過程でもある。それは、結局、現在を過去化し過去を現在化する過程を通し、過去と現在を逆転させる過程でもある。現在を過去化する告白的な書き方は、現在の〈わたし〉に対する批判的な距離を確保し、現在の〈わたし〉を反省し批判する効果を生むのだし、過去を現在化するというのは過去に客観的な距離を持つことができずに、過去をよりいきいきと見せてくれる効果を持っている。あるいは、過去を過去化することができないのは、消したかった過去を今なお客観化して見せることができるような心の余裕を持てない、ということを意味してもいる。

しかし、前の（1）から（5）までの時間を見れば、（1）現在の時間（現在形）、（2）過去の時間（現在形）、（3）現在の時間（現在形）、（4）過去の時間（現在形）、（5）過去の時間（過去形）のように、はじめに決めたことと必ずしも一致してはいないことが分かる。この部分について、白楽晴は、〈内部の抵抗や衝撃があまりに強くなる瞬間には、決められた時制に揺れ〉が現れると述べた。[11] このような時制の揺れは、ヒジェ・オンニの話から頻繁に現れる。ヒジェ・オンニの名前がはじめて出てくるのは、〈ヒジェ・オンニ……どうしても飛びだして来ないではいない名前〉（1―p.53／p.40）である。彼女の名前が出てくると時制の揺れが現れだす。ヒジェ・オンニと関連して〈過ぎ去った時間は現在形で〉という規則が大体において守られるのは、屋上でヒジェ・オンニに会って従姉に彼女の話をしてやる場面が出てくる後からである。白楽晴は、『離れ部屋』の時間の流れを次のように整理している。[12] 最初に書くことについてあれこれ悩んでいるが、後に問題に対する〈わたし〉の一定の方針が決まる。以後、ヒジェ・オンニが介入して揺れを経験し、第一、二章にかけてその型が定着され、第三章では安定した叙述に進行していき、第四章の話の最後の段階に近づくと、つまりヒジェ・オンニの結婚計画を口外した後から、もう一度呼吸が乱れ、最後にはもう一度六年前の短編「離れ部屋」の力を借りてようやくヒジェ・オンニの話を結ぶことができる。

ポストモダニズムは、大体において話の筋のスマートな結末や、一貫した叙事、完結した印象を与える結びを閉塞にあたると見る。『離れ部屋』は、このような閉塞した話の筋や一貫した叙事を常に否定していると見なければならない。現在と過去を往き来する二重の構造と、入れ替えた現在形と過去形の構造は、文章を書く作家の姿をより強く刻みこむ効果を与えている。現在と過去を往き来し、現在文章を書く作家の姿を常に映し出す。このような書き方は、過去の暗鬱だった時代を過去にすることができないという作家の苦悩を拡大化させる効果を持っている。結局、現在と過去を往き来する二重の叙事を通して、文章を書く現在の作家の姿を事実のままに見せてくれる構造を取っているのである。

これらを通して、文章を書きながら起こってくることなどがそのまま小説の中に再現される。私小説作家は、現実に起こったことを事実そのままに書かねばならない。したがって、私小説作家たちは日常的な生活の中で小説の題材を求めなければならなかったため、わざわざ不倫したり、金銭問題、自殺騒動などの非日常的な行動をとらなければならなかった。その非日常的な行動はそのまま小説になった。現実と小説が逆転する現象が現れたのである。『離れ部屋』は、このような私小説作家の書き方と、小説を書きながら起こる過程がそのままさらけ出されているという点で同一である。メタフィクションも私小説も、既存の小説の枠を思い切りよく変えた。文章を書く作家の姿を見せることによって、小説が決して真理を再現することができないということを示してくれた。既存の小説とは異なる、あるいは異なる小説の書き方と読み方の可能性を開いてくれたのだ。

2、事実とフィクションの境界——読者

万海文学賞の審査経緯で、『離れ部屋』は〈この作品は内容と形式両面で新たなリアリズムの可能性を開き、最近の我々の文学が得た最高の収穫の中の一つだ〉とされた[13]。また、申京淑は、『離れ部屋』が自身の自伝的な回顧録だと万海文学賞受賞の所感で告白した。彼女は、〈離れ部屋を考えると、まるで希望のない出生地を捨てておいて、私だけ生きてみようと逃げ出してきた裏切り者のような感じを消すことができません。(中略) ずっと以前に、私が捨てておいて来たことが、

まだ冷たいところでさまよっているのに私だけ？　と思われたからです。それは、言ってみればわたしの中での変化しようとする心からだったのでしょう。（中略）あるとき外部的にも内部的にも、私の力が最高潮に集まってきたと感じるようになったとき、ひたすら書くことによってその事実と向き合ってみたと言えるでしょう〉と言う。[14] 結局、申京淑は『離れ部屋』で、自身の暗かった過去を書くことによって再現したと言える。したがって、この小説は完全なフィクションではない、作家が経験した事実を題材にしたということが分かる。

次は、死んでしまったヒジェ・オンニとの空想の対話である。

　オンニが何と言おうと、わたし、オンニのことを書こうと思うの。オンニが昔みたいに、そっくりそのままの姿で息を吹き返すのかどうかは、わたしにもわからないわ。（中略）オンニの真実を、オンニに対するわたしの真実を、しっかりとたどっていかなければならないんだけど。わたしが真実になり得るときっていうのは、自分の記憶を振り返っているときでも、残されている写真なんかを覗き込んでいるときでもなかったのよ。そんなものはどれもこれも、虚しかったもの。こうやってうつぶせになって、何や彼やと書き込んだりしているときだけ、わたしは自分がわかるような気がした。わたしはものを書くことで、オンニの水準にたどりついてみようと思ってるの。

………

……何ですって？

……もうちょっと大きな声で言ってみて？　何て言ったのよ？

……うん？

……文学の外にとどまれって？　わたしにそんなこと言ってるの？

……文学の外ってどこよ？

……オンニはいまどこにいるのよ？（1―p.248～p.249／p.208～p.209）

作家はヒジェ・オンニをそっくりそのまま再現することによって、彼女の真実に到達したいと言う。言い換えれば、文学の真実である彼女の体験を事実のままに、そっくりそのまま再現するのだと言う。そして、ヒジェ・オンニは文学より文学の外にとどまれと言う。結局、文学の外というのはフィクションより現実を直視しろという話であり、フィクションよりは事実を書けという注文のように見える。白楽晴は、〈事実〉と〈フィクション〉に関する著者の問いは、事実に対する軽視ではなく、明らかにしたい事実があまりに多く切実なところではじまるのだとする。[15]〈文学〉と〈書くこと〉に対する問いも、前の引用文に出てくる一つの単語、つまり〈真実〉に対する献身の表現なのである。よって、この問いは時折〈文学〉より、〈文学の外〉を重視することを促すと言っている。文学というのは作品内でのフィクションの世界を意味し、文学の外というのは作品外での作家の現実世界を意味する。つまり、フィクションより事実を重視するという意味である。このような考えは、日本の私小説と一脈通じる考えでもある。私小説は、小説がフィクションではなく、ありのままの事実を描かねばならないとした。したがって、作家は自身が経験した世界を虚構ではなく、事実そのままに描いた。現実をありのままに書かねばならないため、平凡な日常は小説の素材になるのが難しい。私小説作家はわざと不倫、金銭問題、自殺騒動、などの非日常的な生活をしさえすれば、小説の素材をも求めることができた。そして、現実と小説が逆転するという特異な現象が起こることになった。このように、日本の私小説は小説はフィクションではなく事実であるという新しい小説様式を作った。『離れ部屋』のこのような問いも、私小説と無関係ではない。

先輩から電話がかかってきた。

（中略）

「たったいま、『離れ部屋』の第二章を読み終わったところだけど」

（中略）

「しっかり思い出してごらんよ、あなたがあのとき観た映画って、ほんとに『禁じられた遊び』だったかしら？」

あのとき観た映画は『禁じられた遊び』ではなかった。アラン・ドロンが出演している『ブーメランのように』だった。『ブーメランのように』。（中略）

「『ブーメランのように』だったわ」

「それなのにどうして、『禁じられた遊び』にしたのよ？」

「あれは小説なのよ！」

（中略）

「そうね、ただ、思いついたことを言ってみたまでなの。わたしは『禁じられた遊び』が映画館では、六〇年頃にただの一度しか、上映されなかったと記憶していたものだから。その頃だったら、あなたがまだ生まれてくる前だったじゃないの。それなのにあなたが観た映画が、『禁じられた遊び』だったと書かれているものだから、不意に、わたしが個人的に読んできた脈が断ち切られるじゃないの。別の小説でそんなことがあったら、そうでもなかっただろうけれど。何とも説明のしようがないけれど、いまあなたが書いている『離れ部屋』ではね、そんなことがないほうがいいような気がしたもので、それで……ただ見てきたままのことを書いたらって……だからといって、わたしがあなたに、リアリティーを要求してい

るなんて、思わないでね。何が言いたいのか、わかるでしょ?」(2—p.41～p.44/p.259～p.261)

現在の私が書いた小説を読んだ先輩が、映画館で見た映画が本当に『禁じられた遊び』かと尋ねる場面である。作家である〈わたし〉は、『禁じられた遊び』ではなく『ブーメランのように』だと言う。そうして、なぜ『禁じられた遊び』としたのかという問いに、〈「あれは小説なのよ!」〉と答えている。結局、この小説の読者である先輩は小説を読むとき、フィクションとしてというよりも事実として読んだという結論が出る。小説をフィクションとして読んだのなら、その映画が『禁じられた遊び』でも『ブーメランのように』でもどちらでも関係がない。そして、この小説の作家も本人の話を事実のままに書いたが、部分的には『ブーメランのように』という映画が嫌いだったために『禁じられた遊び』と書いたと言う。このように部分的に事実ではない部分があるが、全般的には事実を書いたと言うことができる。したがって、先輩は『離れ部屋』という小説を読むとき、事実として読んだが、突然事実とは異なる部分が出てきたので小説を読む脈絡がとぎれたということを言う。先輩の要求は〈ただ見てきたままのことを書いたら〉である。フィクションが介入しない事実の再現を要求している。これについての作家の考えは、〈……わたしがどんなに執着しても、小説というのは生の後をたどっていくしかないという、もの書きとしては生の先を行くことも、いや、生と肩を並べて歩んでいくことさえ、できないというわたしの早くからの諦念を、先輩は指摘していた。諦念の後を埋めてくれていた装飾と、演出と誇張などを〉（2―p.43～p.44／p.261～p.262）である。作家は〈小説というのは生の後をたどっていく〉ものだとする。前の引用では、事実とフィクションに対する問いと、書くことに対する問いについての答えがある程度出ている。書くことの最終目標は、生の真実に到達するためである。その真実に到達するために、小説において事実とフィクションの間のどの点をとるかに対する問いを常に投げかけ、結局は事実の方に重みを置くのだ。

注（7）日本語版では、「過ぎ去った時間は現在形で。現在の時間は過去形で。」の「現在の時間は過去形で。」という一文が脱落している。
（8）申京淑「記憶と疎通」p.136、（6）に同じ。
（9）廉武雄「書くことの本体性を探して」（4）に同じ。
（10）白楽晴「『離れ部屋』が問うことと為し遂げたこと」韓国・「創作と批評」一九九七年九月、p.243による。
（11）白楽晴「『離れ部屋』が問うことと為し遂げたこと」（10）に同じ。
（12）白楽晴『離れ部屋』が問うことと為し遂げたこと」（10）に同じ。
（13）崔元植《チェ・ウォンシク》「「11回　万海文学賞発表」審査評」韓国・「創作と批評」一九九六年冬号、p.408による。

（14）申京淑「「11回　万海文学賞発表」受賞所感」韓国・「創作と批評」一九九六年冬号、p.410による。

（15）白楽晴「『離れ部屋』が問うことと為し遂げたこと」（10）に同じ。

四、作家の伝記的要素と社会性――〈わたし〉から〈わたしたち〉へ

一九九〇年代に入って、民族文学の危機は克服されなかった。民族文学の陣営では、マルクシズムが退潮しポストモダンが流行する状況に対して、社会主義が没落し資本主義が到来したことによっては現在の時代的条件は断じて近代以後になることはできない、ポストモダニズム理論が事実的、現実的条件を決めようとして今は階級的現実がより明白になったとしている。それにも関わらず、ポストモダニズムの流行は簡単に衰えない。ポストモダニズムが主張することのように、巨大な叙事の時代が過ぎて小さな叙事による解体の時代が到来したような印象を受ける。(16)このように九〇年代に入って小さなことに関心が持たれるようになったのは、既存のリアリズム文学においては個人的実存の問題に対する悩みを内面から描くのに不徹底だった、という批判があったからだ。このような批判を克服するための真摯な努力をした作家が、申京淑だと言うことができる。そして、このような努力が、彼女の小説『離れ部屋』に現れている。この時期、女性作家たちの小説に見える小さい叙事は、日本の私小説の題材でもある。したがって、今までの韓国では私小説を受け入れなかったというのが研究者たちの一般的な主張であるが、九〇年代以後の

女性小説で日本の私小説と類似する小説の叙事様式が現れる。九〇年代の女性作家の作品は大部分、作家の私的な日常を描くことで、社会との関係の中での「私」が描かれるのではなく、社会とは塀をめぐらし、むしろ「私」の私的なことだけが問題になった。あるいは、社会的側面が排除されたという点が、日本の私小説と一致する。しかし、『離れ部屋』は日本の私小説といろいろな面で共通点が多いが、社会的な側面が軽視されなかったという点では異なる。

日本の私小説は、社会と遮断された小さな部屋で、もっぱら個人の私生活だけを描いた。しかし、『離れ部屋』を南鎮祐は〈言語の絹糸でもって正確で緻密に編まれたある一つの時代の風俗画〉だと評価した。[17] あるいは、キム・ヨンチャンは〈申京淑が一九九五年に発表した『離れ部屋』は特有の内面、志向的な叙述態度を堅持しながらも、七〇年代後半と八〇年代はじめに及んだ労働現場の現実を生き生きと再現することによって、例外的な成功を収めた。(中略)申京淑は、自身の書くという行為が書くことの領域の中で疎外された他者の声をよみがえらせる努力であることをずっと披瀝してきた。『離れ部屋』は、これまでの申京淑文学に見える、社会的関心の不在を指摘する批判的視線をおさめる決定的な役割を果たした〉と述べた。[18]

次は、作家が意識的に消してしまおうとした少女時代が、決して消すことができない現在であることを物語っている。

……わたしがいくら別の道へ帰っていくとしても、わたしの中のもの書きはその年の夏のことを憶えていた。わたしがいくら押し込め、押し込めておいても、その年の夏はとめどもなしに、わたしの内面を突き破って込み上げてきたりした。わたしが彼と会って笑っているその瞬間の中へさえ、その年の夏は忍び込んできた。まったく予期せぬときでさえ夜風のごとく、満ち潮のごとく、もやのごとく。（2―p.199／p.397）

そう、あの日の朝のことを話そう。話してしまおう。（2―p.221／p.415）

覚えていたくないために、しっかりと隠しておいた少女時代の暗鬱だった追憶。しかし、消そうとすればするほど、よりその記憶から抜け出すことができないことを〈わたし〉は自覚する。このような覚えておきたくない理由には、ヒジェ・オンニの死が関連している。〈それとは知らずにわたしが関わってしまった、彼女の死がわたしに残したトラウマは、わたしを終わることなく呆然とさせた〉（2―p.251／p.439）。しかし、覚えていたくなかった過去を書くことを通して脱け出し、同時に事実を、過去を過去として受け入れることになった。〈実は、私は一度そこに行ってみたい。この文章を残さず終える前に。文章を書きはじめるときは、わたしがこのような考えに至るようになるとは思わなかった〉（2―p.234／改訂版削除）。〈わたし〉は書くことを通して、避けてばかりいたその時代の離れ部屋にもう一度行ってみたいと思うようになるのである。

作家がそれほど書くことを恐れたのは、死んだヒジェ・オンニに対する記憶のためであった。

離れ部屋へ自分の足で歩いて入っていったのは十六歳のときで、あそこを飛びだしてきたのは十九歳のときだった。

その四年間の人生と、わたしはこれっぽっちも和解ができなかった。（1―p.81／p.63）

わたしは沈黙でもって、自分の少女時代を黙殺してしまった。自らを愛することができなかった時代だったので、わたしは十五歳から突如として、二十歳にならなくてはならなかった。わたしの足跡は、過去から歩いてでていっても、現在から歩いて入っていっても、いつも同じ場所で途切れた。十五からにわかに二十になるとか、二十からにわかに十五になるとかした。過去からは十六を、十七を、十八を、十九を黙殺して、ひとっ飛びに二十へ、現在からは十九を、十八を、十七を、十六を黙殺して、ひとっ飛びに十五に跳び越えなくてはならなかったので、それらの時間はわたしにとっていつも、完全にさらけだされた陽射しとか、底を完全に隠した井戸みたいな空洞として、残された。（2―p.278～p.279／p.460）

語り手は消したかった一六歳から一九歳までの生を、文章を書かないことで否定したと言う。

過去の時間に対する書くことの直接的契機になるのは、その時代に一緒に学校に通った彼女たちの中の一人であるハ・ゲスクを通してである。工団と離れ部屋を往き来した女子校時代に対する記憶はあまりにつらい記憶だったので、意識的に削除してしまった時間であった。少女時代の消そうとした記憶を書くことを通して、そしてもう一度悩み思惟する過程を通して、過去になることができず現在にとどまるしかなかった過去が、客観化され過去として認められるようになる。否定ではない肯定を通して、心が自由になるのである。

次は、少女時代を文章に書かせたハ・ゲスクの電話の内容である。

「あんたってあたしたちとは違った人生を生きているみたいだったな」

安らかな眠りから覚めた後には決まって彼女の声が、氷水となって天井からわたしのおでこの上へぽたぽたとしたたり落ちてきた。アンタ、アタシタチノコトハカカナカッタワネ。アンタニアンナジダイガアッタッテイウコトヲ、ハズカシクオモッテイルンジャナイカシラ。アンタッテ、アタシタチトハチガッタジンセイヲイキテイルミタイダッタナ。(1―p.49/p.36)

ハ・ゲスクの電話を受け、彼女たちと一緒だったその時間を自身の生として引き入れることができない理由を自覚する。〈わたし〉は、〈わたしにはそのときが過ぎ去った時間にはなっていないことを、ラクダの瘤のようにわたしは自分の背中にそれらの時間を背負っていることを、いつまでも、ひょっとしたらわたしがここに留まっている間ずっと、それらの時間はわたしの現在に違いないことを〉（1― p.85／p.66）と認識するのだ。それほど消したくて痛かった過去の記憶は、今でも過去になることができず現在のままである。過去の事件は現在時制で、現在の事件は過去時制を駆使するという書き方の戦略において意図することは、工団からの体験が現在の〈わたし〉を為す一部であって、それは永遠に現在の事件として残る運命的な時制であることを表面化することである。〈いまは一九九四年。私たちが初めて顔見知りになったのは一九七九年のこと。彼女は昼寝をしていたわたしをまるで責めてでもいるかのように電話をかけてきて、わたしよ、わからない？　と言いながら、十五年前の教室のドアをそっと開けていた〉（1― p.18／p.10）。辛かった過去の〈わたし〉が、あまりに苦痛で過去になることができず現在の一部になってしまっているその時間を追ってみれば、苦痛な少女の成長過程を見ることができる。語り手は工場に入社することができる年齢に達していなかったために、イ・ヨンミという一八歳の他の人の名前で呼ばれるようになる。従姉が脇腹をぎゅうぎゅうっとしてやっと〈わたし〉の名前であることが分かるほど、不慣れな名前で都市生活をはじめ、イ・ヨンミという名前で呼ばれ、イ・ヨンミという名前で生きていくようになる。名前を手に入れた後でも、彼女は生産ラインAの一番として呼ばれる。公的領域で名前を失い、匿名の一番として生きていくことになる。

三十七ある部屋のうちの一つ、わたしたちの離れ部屋。(中略)ちっぽけな雑貨屋とか市場へ通じている路地や、陸橋の上もまたいつも人の群れでごった返していたけれど、あの時分もいまもあの部屋のことを思い浮かべると、途方もなく辺鄙だったという思い、寂しいところでわたしたち、あそこで独りぼっちで暮らしていたという思いが、どうしてわたしには、まずするのだろうか。(1─p.52～p.53／p.39)

『離れ部屋』は、作家の自伝的な要素がたくさんさらけ出された作品である。『離れ部屋』で申京淑は、それほどさらけ出すことをはばかってきた、しかしいつかは必ず言わなければならなかった幼年と成年の間の空白期間、一六歳から二〇歳までの気がかりな時間の中へ入っていくことができるようになった。そして、『離れ部屋』を通して、その痛くてむごたらしかった時代、劣悪な環境の中で文学への夢を育んでいった少女〈シン・キョンスク〉に会うことができるようになった。小学校六年のとき、はじめて電気が入ってきた村に生まれ、見境ないくらい読むことが好きで、バスの看板や、梨畑で梨を包む新聞紙、「新しい村」「新しい農民」に出てくる随筆や小説まで見落とすことなく読んだ。詩人になりたかった三番目の兄の影響で、兄が持っていた詩集などをあまねく読むことができたのも彼女の幸運だった。そうしているうちに、一五歳になった一九七八年のその時期、同年配の他の姉妹たちのように、故郷を離れソウルへ出てくる。九老第三工団の鉄道駅付近の三七の世帯がぴったりとくっついている鶏小屋と呼ばれた離れ部屋で、大きな兄、小さな兄、従姉が一緒に並んで寝た。〈職業訓練院の修了者で東南電機株式会社を選んだ訓練生は、二十数名ほどになる。（中略）東南電機株式会社は九老第一工業団地にある〉（1―p.50～p.51／p.37～p.38）。工団の入口の職業訓練院でひと月の間、教育を受けた後、工団の内側、東南電機株式会社に就職したとき、彼女の名前はステレオ課生産部Aライン一番である。〈風俗画の中、わたしの前のエアドライバーは宙にぶら下がっていた。PVCを固定させるボルトを左手につかんで、エアドライバーを引き寄せて押すと、ぴしっという風が洩れる音とともに、ボルトが打ち込まれていく。二番手の従姉も同じく、十数個のボルトを打ち込まなくてはならない。ただ、従姉のエアドライバーが宙吊りになっているのに対して、わたしのそれは作業台の脇についていた。いわば従姉は真ん中にボルトを打ち込み、わたしは前の部分にそれをしていた〉（1―p.74～p.75／p.57～p.58）。空中にぶら下がっているエアドライバーを引っ張り、合成樹脂板にボルト七個を打ち込むのが一番の仕事だった。

次の引用からは、主人公が自分も知らずに関わってしまったヒジェ・オンニの死によって、その時代から自由になれないことを知ることができる。

………

なぜ、わたしだったのよ?

………

わたしはやっと、十九歳になったばかりだったのよ。（２―p.１５０／p.３５５）

主人公は、部屋に鍵をかけるのを忘れたのでかけてくれ、と言ったヒジェ・オンニのお願いで鍵をかけた。その後、ヒジェ・オンニが姿を現さず彼女を捜すが、その部屋にはヒジェ・オンニがうじだらけになって死んでいた。工団時代に会ったヒジェ・オンニの死は〈わたし〉に治すことが難しいトラウマを残す。ヒジェ・オンニは二〇歳を越えた遅い年齢で夜間高校に通い、それでも暮らし向きが難しくなると朝から翌明け方まで働いた。そして、妊娠し家庭を持つという素朴な希望が挫折するや死を選択したのだ。ヒジェ・オンニは七〇年代産業戦士というスローガンのもとに、労働搾取を強要された七〇年代の女性労働者の代表であると言うことができる。

ヒジェ・オンニ……どうしても飛びだして来ないではいない名前。わたしたちと、ヒジェ・オンニは維新末期の産業戦士の風俗画。（1―p.53／p.40）

申京淑の小説の中で一九九五年に出版された『離れ部屋』は、彼女の作品の中で「七〇年代のソウル」の断面を最もはっきりと見せてくれる。『離れ部屋』に登場する事件は、作家の直接の体験と大きな関連を持っている。実際に作品に登場する〈わたし〉の足跡、出身学校、家族関係などが、作家のそれと正確に一致するだけでなく、主人公が最初から最後まで一貫して小説を通しさらけ出す、書くことに対する悩みはそのまま中京淑の悩みとも重なる。その中でも、ソウルが背景である部分は、一六歳（一九七八年）から二〇歳（一九八一年）までの中京淑の過去の足跡と同じである。従姉のオンニとソウルに上京してきて、加里峰洞の離れ部屋に腰を据えた主人公は九老工団に位置する東南電機株式会社に通う間にも産業体特別学級で向学熱を燃やす。主人公はそこから書くことに対する確信を植えつけてくれる一人の先生と出会うことになり、〈南山にソウル芸術専門大学（短大）があることを、わたしに教えてくれたのはチェ・ホンイ先生だった。そこには文芸創作科があるという。わたしの学力テストの点数は、無惨なくらい低かった〉（2―p.246／p.435）というつらい文学修行の果てに、小説家の道を歩くことになる。結果的に、ソウルが〈わたし〉の夢をかなえてくれる架け橋の役割を果たしたのだ。しかし、同時にソウルは〈わたし〉から多くのものを奪っていったとも言える。作家はそれを「一気に下層民になった」という言い方で表現している。〈祭祀がちょくちょく営まれた田舎のわが家では、どこの家にもまして食べ物がたっぷりと用意されたし、村内でももっとも庭が広かった中心的な家でもあったし、醤油と味噌をこさえる甕とか鶏とか自転車とかアヒルとかが、どこよりもいっぱいある家だった。ところがそれでも、ソウルへきてみると下層民でしかなかった〉（1―p.67／p.51）。この一節は単純に都市の索漠さと田舎の豊穣さを対照させているのではない。田舎ではかなり富裕だったのに、都市へ出ると下層民に転落する。ぴったりとくっついている鶏小屋のような小さな部屋、工場で与えられる悪い食事、夜間学校でさえようやく通えるほどだった〈わたし〉の境遇は、七〇年代末の離農の形相と広範囲に形成された都市貧民層の生活をよく見せてくれる。〈わたし〉はその時間を書くことを通して、もう一度痛くて悩んだ過程を変化させていく。結局、『離れ部屋』は、一人の少女の一六歳から二〇歳まで経験した内面の告白である。しかし、その告白は当時の七〇年代後半から八〇年代はじめまでの時代の様相と関連し、一個人の告白として終わってはいない。申京淑は〈わたし〉が青少年期に見た劣悪な状況、その中で人間が生きていく姿、韓国で七〇年代末から八〇年代はじめまでの時代状況の中で〈わたし〉と一緒に生きた人々を連れてきたと言う。その時代を一度正確に再現してみたかったと言う。一個人の告白ではあるが、その時代の傷を負って疲れ切った女工たちのあり様を精密に描くことによって、その当時の女工たちの自画像を写しだしているのだ。〈わたし〉の隣の席である左利きのアン・ヒャスクは一日にキャンディーを二万個も包装せねばならない仕事のために、右手がみなだめになっているし、かつら工場の閉業で新民党社から飛び降りて墜落死したキム・キョンスク、居眠りしていて手の甲を打ってしまったヒジェ・オンニ、このような当時の女工たちの生活のあり方は異なっているが、劣悪な環境と戦わねばならない様子は同一である。勝又浩は「アジアのなかの私小説」で次のように述べる。〈一九七〇年代末から八〇年代、九〇年代の韓国現代史が、その中を生きた一人の女性の姿を通してよく見えるし、見える現代史に負けない、柔軟で確かな「わたし」が描かれている[19]〉。

勝又浩は、私小説で重視される私生活の暴露は『離れ部屋』では問題にならないと言う。私小説で暴露は、やはり性的なこと、スキャンダル、タブー、社会規範に関係する。しかし、『離れ部屋』では貧しい市民の必死で健康な生活が基本であるため、暴露とは関係がない。彼は〈「離れ」ながら共棲していて、そこがこの小説の私小説として立派なところだと言ってよいであろう〉と述べる。あるいは、書くこと＝書いていないものへの作家の責任を小説で問うているので、『離れ部屋』は確かに私小説だと言うことができるとする。今まで日本の私小説は長い伝統を持ち、いろいろな模索を重ねて発展と進化をした。極端に言えば、日本の最も前衛的な小説は私小説の中にあると言うことができる。そして、私小説の根本的な性格は、書いていることの真実性と書くこと自体の責任の関係が問題視される。そのような意味で、『離れ部屋』がもつ私小説のすばらしさに感服し驚きもしたと言うのだが、ではそのような作品が現在の韓国でどうして出てきたのかである。結局、彼は私小説を西洋の近代小説を遅く導入した国の一般的な現象として受け取っている。田山花袋が私小説を書いたのは、彼が愚鈍だったからではなく、日本人に合った小説として変化させたのだという結論になる。結局、申京淑の『離れ部屋』が、日本の私小説とそっくりな様相で現れたのは時代的な現象として理解せねばならない。一九六〇年代にはメタフィクションという文学現象と、このような文学現象を受け入れることができる条件が備わっていたためである。一九九〇年代以後は、個人が比較的安定した生を生きることができた一方で、未来に対するヴィジョンがない不透明な時代でもある。したがって、作家が自身の書くことに対して懐疑する書き方が登場するようになって、これは日本の私小説作家の書き方と一致する。そして、事実とフィクションに対する絶え間ない探究は、やはり私小説作家たちの悩みでもあった。

注（16）シン・スンヨプ「省察の深さと記憶の繊細さ」韓国・「創作と批評」一九九三年冬号、p.92を参照。
（17）南鎮祐「井戸の暗闇から白鷺の森まで―申京淑『離れ部屋』に対するいくつかの断想」（5）に同じ。
（18）キム・ヨンチャン「書くことと他者―申京淑『離れ部屋』論」韓国・「韓国文学理論と批評」15、二〇〇二年、p.167～p.168による。
（19）勝又浩「アジアのなかの私小説」『アジア文化との比較に見る日本の「私小説」』p.162、（6）に同じ。

五、結論

私小説は、小説がフィクションであることを拒否し、事実であるという新しいパラダイムを作った。私小説は小説でありながらも、フィクションではないありのままの事実を描く。私小説は、フィクションとノンフィクションの境界にあると言うことができる。私小説は作家自身が経験した事実をありのままに書いた。たとえフィクションが入ったとしても、読者たちは小説の内容を作家が経験した事実として考え読んだ。今まで韓国には、作家自身が経験した事実をありのままに書かねばならないとする私小説作家も、小説がフィクションであることにこだわらず事実として読む私小説読者もほとんどいなかった。『離れ部屋』で作家は若干のフィクションはあるが、ほとんどありのままに作家が経験した事実を書いた。そして、読者たちは『離れ部屋』を読むとき、それを事実と思って読んだ。日本の私小説は作家がありのままに書き、読者は小説の主人公を作家と置きかえて読む。このような私小説の公式が、『離れ部屋』でもそのまま適用されていると言うことができる。もう一度言えば、『離れ部屋』は日本文学との影響関係がまったくないにもかかわらず、私小説とほとんど同じ小説構造と読者層を持っているのだ。

それなら、『離れ部屋』の私小説と同一な点と異なる点について見よう。まずは、同一な点からである。一つめ、小説家小説であるという点である。『離れ部屋』と私小説は、文章を書く作家の姿が小説の中にそのまま現れるという点で同一である。私小説作家は、自身が経験した事実だけを小説の中に再現することができる。したがって、私小説作家の現実生活はそのまま小説になったし、現実と小説が逆転するという現象が起こった。二つめ、『離れ部屋』は私小説の成立条件と一致している。作家は自身の私生活をありのままに書いたし、読者は小説をフィクションとは考えずありのままの事実だと思って読むという点である。読者たちが私小説の小説内容を事実として読むというのは、私小説の公式である。『離れ部屋』を読む多くの読者たちも、小説の内容を事実だと思って読んだ。三つめ、小説が事実なのかフィクションなのかという疑問に対する絶えることのない問いである。このような問いは私小説に対する問いでもある。作家は自分が事実を書いたか、そして、芸術家としての道を歩いたかに対する絶え間ない疑問を持つ。小説と現実の間で起こる芸術家としての責任問題は、私小説作家が常日頃悩んでいる問題であった。あるいは、私小説の読者は、常に私小説作家が事実をそのまま再現していたかにより多くの関心を持った。異なる点を見ると、私小説はもっぱら作家個人の身辺的なことにだけ関心を持ち、社会から背を向けたまま個人にだけ関心を持った。しかし、『離れ部屋』では個人を描きながら、一個人にとどまるのではなく社会の中での〈わたし〉が描かれ、その当時の時代性をよく表現していると言うことができる。

私小説は一九〇七年から今まで長い歳月の間、発展し進化してきた。このような私小説が、一九九〇年の韓国にも同じ様相でもう一度現れはじめた。もちろん、韓国で私小説がまったくなかったとは言えないが、九〇年代に私小説のような小説がたくさん現れ、多くの読者層を持つようになる点にはそれなりの理由がある。日本の私小説の元祖である『蒲団』が西洋近代文学を誤解したのではなく、日本に適合する形に変化させたように、韓国にも私小説のような様式が出てきて多くの読者たちが呼応するのは、申京淑の『離れ部屋』が韓国に適合した小説として変化させたからだし、これに読者たちが呼応したのだと言うことができる。

【付記】

注記のうち、(2)~(6)、(9)~(18)は韓国語による資料を含んでいる。以下に、ハングル表記による出典一覧をあげる。( )は注記に対応している。

신경숙《シン・キョンスク》『외딴방』1、2 문학동네 1995년 テキスト

김성곤《キム・ソンゴン》「서평 메타픽션」퍼트리샤워 지음 김상구 옮김『메타픽션』열음사 p.408~p.411、p.414 (2)(3)

염무웅《ヨム・ムウン》「글쓰기의 정체성을 찾아서」『창작과 비평』제23권 제4호 1995년 겨울호 p.278 (4)(9)

남진우《ナム・ジヌ》「우물의 어둠에서 백로의 숲까지 - 신경숙『외딴 방』에 대한 몇 개의 단상 -」『외딴방』1、2 문학동네 1995년 p.289 (5)(17)

박현이《パク・ヒョニ》「기억과 연대를 생성하는 고백적 글쓰기 - 신경숙『외딴방』론 -」『어문연구』48 2002년 p.382 (6)

백낙청《ペク・ナクチョン》「『외딴방』이 묻는 것과 이룬 것」『창작과 비평』제25권 제3호 1997년 p.243 (10)(11)(12)(15)

최원식《チェ・ウォンシク》「『11회 만회문학상 발표』심사평」『창작과 비평』제24권 제4호 1996년 겨울호 p.408 (13)

신경숙《シン・キョンスク》「『11회 만회문학상 발표』수상소감」『창작과 비평』제24권 제4호 1996년 겨울호 p.410 (14)

신승엽《シン・スヨンプ》「성찰의 깊이와 기억의 섬세함」『창작과 비평』제21권 제4호 1993년 겨울호 p.92 (16)

김영찬《キム・ヨンチャン》「글쓰기와 타자 - 신경숙『외딴방』론 -」『한국문학이론과 비평』15 2002년 p.167~p.168 (18)

訳者解説に代えて

安英姫『韓国から見る日本の私小説』と韓国における私小説研究の現況

梅澤亜由美

本書には、韓国で私小説の研究をしている安英姫氏の著書『日本の私小説』（二〇〇六年、韓国・サルリム知識叢書232）と論文「日本の私小説と『離れ部屋』」（「日本文化研究」二〇一〇年一月、韓国・東アジア日本学会）を収録している。

まずは、本書が上梓されることとなった経緯について少し述べたい。訳者も所属していた法政大学大学院勝又浩ゼミでは私小説について研究を重ね、一九九九年には私小説研究会を発足、二〇〇〇年には研究誌「私小説研究」を創刊した。その後、研究はますます広がり、二〇〇六〜二〇〇七年度の二年間、文部科学省・科学研究費補助金を受け、「アジア文化との比較に見る日本の「私小説」――アジア諸言語、英語との翻訳比較を契機に」という研究に着手した。この研究は、特に東アジア地域の中国、韓国、台湾と日本の私小説との関係について多角的に検証したものであり、研究の過程においては本著の著者である安英姫氏をはじめ、中国、韓国、台湾、各地域の日本文学研究者の助力を得た。研究のきっかけは、日本による植民地化、あるいは留学世代によって日本経由で近代文学を輸入したこれら東アジアの地域において、なぜ、私小説はそれほど根付かなかったのかという、考えてみればとても単純なものであった。だが、これら近代の私小説と各地域の関係はじめ、各地域における私小説認知や研究の状況など調査を進めるうちに、幸運なことに現代の東アジア地域における小説の個人化傾向、私小説に類似する小説の発見など、とても興味深い現象とめぐりあうことができた。

このような経緯において出会った安英姫氏の『日本の私小説』は、韓国人研究者によって韓国語で書かれた唯一の私小説に関する単行本であった。また、研究の終了後、安英姫氏が韓国の学会誌に発表した「日本の私小説と『離れ部屋』」も、韓国現代小説と私小説との関係を探るという意味で、当研究からの発展と言い得る論と考えて差し支えないだろう。ここでは、本書に収められた安英姫氏の仕事とともに、加えて現在の韓国での私小説に関する研究事情を述べてみたい。そうすることで、安英姫氏の仕事の位置づけ、意義もまた見えてくると考えるためである。

韓国と私小説を考えるにあたっては、以下の二つの観点、それらを更に細分化して四つの論点が重要である。一つめは日本の私小説の認知、研究の現状で、①これまで韓国において日本の私小説はどうとらえられてきたか、②あるいは現在どうとらえられているか。二つめは韓国の実作との関係で、③韓国の近代文学と私小説との関係、④韓国の現代文学と私小説との関係である。これらの論点のうち、本著は『日本の私小説』において②と③を、「日本の私小説と『離れ部屋』」において④の論点を有している。

なお、安英姫氏の『日本の私小説』は、もともとこれらの研究の結果をまとめた「科研費報告書」『アジア文化との比較に見る日本の「私小説」』(二〇〇八年三月、以下「科研費報告書」)に収録したものである。この「科研費報告書」は法政大学図書館のリポジトリ(http://rose.lib.hosei.ac.jp/dspace/handle/10114/1943)に収録されているものの、少部数の刊行であったため今回、改めて本書を刊行できることはとてもありがたいことである。

1、『日本の私小説』における私小説理解

さて、『日本の私小説』以前、韓国での日本の私小説入門書と言えば『日本私小説の理解』(一九九七年、韓国・小花)と題された、日本における主要な私小説論を翻訳したものであった。以下にあげる日本の評論家、研究者による代表的な私小説論五編――伊藤整「逃亡奴隷と仮面紳士」(「新文学」一九四八年八月)、中村光夫「風俗小説論」(「文芸」一九五〇年二~五月)、平野謙「私小説の二律背反」(「文学読本」一九五一年一〇月)、三好行雄「私小説の動向」(原題「現代文学の動向―私小説をめぐって」『現代日本文学』一九六二年、有信堂)、平野謙「戦後の私小説」(『純文学論争以後』一九七二年、筑摩書房)――が、編者でもある劉恩京《ユ・ウンギョン》氏の訳によって収められている。なお、巻末には付録「日本の近・現代の作家紹介」「日本の近・現代の作品紹介」として、本文に出てくる作家や作品の解説も付されている。

巻頭の「訳者の言葉」によれば、訳者の研究は私小説論争が成熟した時代の中村武羅夫「本格小説と心境小説と」(「新小説」一九二四年一月)からはじまったのだが、紙面の都合で準備した半分

しか収録できなかったことを述べている。『日本私小説の理解』とあわせ、先にあげた中村武羅夫論の他、訳者は久米正雄「私小説と心境小説」（「文芸講座」一九二五年一〜二月）、小林秀雄「私小説論」（「経済往来」一九三五年五〜八月）を読むことを勧めている。特に、小林秀雄「私小説論」は『日本私小説の理解』が準備されていた当時、後にあげる小林秀雄の評論集の出版が予定されていたため、重複を避けるという事情から省略したものの、とても惜しいことをしたと訳者は書いている。周知のようにこれらの論、中でも特に伊藤整、中村光夫、平野謙の論は、戦後の私小説論を牽引し、近年、見直しが進んでいるものの最近まで私小説研究の基盤となってきた論である。安英姫氏を含めた韓国で日本の文学、私小説を研究する人々もまた、日本の研究者と基本的にはその素養を同じくしていると言えるだろう。

なお、李漢正《イ・ハンジョン》氏「韓国における「私小説」の認知と翻訳」（前掲「科研費報告書」所収）によれば、韓国で翻訳されている日本の私小説に関する論は『日本私小説の理解』の他に以下の三つがある。柄谷行人『日本近代文学の起源』（一九九七年、韓国・民音社、朴裕河《パク・ユハ》訳）、小林秀雄「私小説論」（『批評の理解』一九八一年、韓国・玄音社、白鐵《ペク・チョル》編訳／『小林秀雄初期評論集』二〇〇二年、韓国・小花、劉恩京訳）、鈴木登美『語られた自己—日本近代の私小説言説』（二〇〇四年、韓国・センカクのナム社、韓日文学研究会訳）である。

そして、『日本の私小説』である。韓国人の研究者による日本の私小説に関する研究は、この安英姫氏の著書まで待たねばならなかったのである。『日本の私小説』について、安英姫氏は先にあげた「科研費報告」での「翻訳されるにあたっての説明」において、以下のように述べている。

この本は私小説を知らない一般の韓国人に私小説を紹介する入門書のようなものです。私小説の研究者が見ればあまりにも当たり前のことであるかもしれません。その点、了解してください。これからも私小説というテーマをもって、韓国人に日本の私小説を知らせる作業を続けるつもりです。

安英姫氏は、『日本の私小説』は韓国の日本文学研究者向けではなく、あくまで私小説を知らない一般の韓国の人に向けて書いたものであるという。そして、〈私小説の研究者が見ればあまりにも当たり前のことであるかもしれません〉とも付け加えている。このような著者の言葉は、半分あたっていて半分は謙遜であるととらえるのが正しいように思われる。というのも、この『日本の私小説』では、前半四つの章「現実と虚構の境界を消すフィクション」「ありのままという幻想」「私小説の誕生と『蒲団』」「岩野泡鳴の『五部作』」までにおいては、日本の私小説に関する安英姫氏の日本人研究者とはまた違った見方が提示されている。が、残念なことに、終わりから二つの章「私小説に見る日本人の精神構造」「現実を回避した逃亡奴隷」になると、とたんに先行する論への依存と安英姫氏自身の立ち位置の揺らぎが見受けられるのである。以下、これらの点について少し詳しく述べてみたい。

まずは、『日本の私小説』に見られる安英姫氏による私小説理解・定義である。安英姫氏は、これまでの私小説に関する基本的な論、小林秀雄「私小説論」、中村光夫『風俗小説論』、伊藤整『小説の方法』、なかでも特に中村光夫の『風俗小説論』による定説——社会性が強い島崎藤村『破戒』と田山花袋『蒲団』の決闘の末、『蒲団』が勝利した結果、日本自然主義の方向が決定され私小説へと向かうことになった——を踏まえながら、自身の私小説定義を試みている。最初の章である「現実と虚構の境界を消すフィクション」で述べられる氏の私小説理解・定義の特徴は、私小説は作者と読者の両方によって成立したというものである。〈日本の私小説は、フィクションを前提とする西洋の小説とは、完全に異なる小説の概念から成立した〉のであり、それは作者・読者それぞれから説明すると以下のようになる。まずは、作者、書き手の問題で、「ありのままという幻想」では〈「現実の全てのものをありのままに描写する」という模倣の描写方法〉が日本のリアリズム文学に〈ありのままに〉という錯覚を作り出し、そのような描写方法が私小説を誕生させたと述べている。本来〈小説にあって完全な模倣というのはあり得ない〉のだが、日本のリアリズムと自然主義においては、書き手たちの間に〈「現実そのままの完全な再現は可能だ」という認識〉が形成され、それによって〈日本の私小説というジャンルは成立することができた〉のである。また、読者については、〈作家を小説から排除する〉のが一般的な小説の読み方であるが、日本の私小説の読者たちは〈絶えず作家を小説の中で主人公と一致させて読む〉

のであり、つまり私小説の読者は〈「小説はフィクション」である〉という概念を転倒させ〈「小説はフィクションではなく事実」だという新しい小説のパラダイムを作った〉ということになる。

このような考え方は、そこまでの見解をまとめた「私小説に見る日本人の精神構造」の第一節「日本自然主義は「事実」と「真実」を混同した」でも繰り返される。ここでは〈西欧リアリズムを間違って受け入れた作家に、私小説発生の責任がある〉としてきた従来論に対する近年の反論として、鈴木登美『語られた自己―日本近代の私小説言説』（二〇〇〇年、岩波書店、大内和子・雲和子訳）があげられる。安英姫氏は、〈私小説は、特定の文学形式あるいはジャンルというより、大多数の文学作品がそれによって判定・記述された、ひとつの文学的、イデオロギー的なパラダイムなのである。つまり、どんなテクストも、このモードで読まれれば、私小説になりうるのである〉とする鈴木論を〈私小説の誕生に対する責任を作家ではなく読者にあると主張する〉論だとし、〈私小説が作家と読者との相互関連的な関係から起こる文学ジャンルだというのを証明してくれた〉と述べるのだ。このような私小説は作家と読者双方の責任だ、というのが安英姫氏の私小説誕生に対する基本的な姿勢である。

鈴木論における私小説は〈読みのモード〉であるという定義は新しい考え方であり、近年の私小説論に与えた影響は大きい。だが、問題はそれだけでは解決しないこともまた、確かなのだ。安英姫氏は書き手の問題を見落とすことなく、あくまで作者と読者の両方から私小説に迫ろうとする。私小説的読みが根強い日本では、これまで読み手の問題はそれほど意識されてこなかった。

だが、そのような習慣のない韓国では、私小説成立のためには自ずとその点を意識せざるを得ない。また、後に述べるように、日本経由で近代文学を輸入した韓国の近代文学の書き手は、自ずとそこから自らの国や民族によりあったものを作らねばならなかった。そういう作家たちにとって、日本の私小説もまた無視して通ることのできないものであった。このような事情から韓国で私小説を考えるにあたっては、作家たちがいかにそれと向き合ったのかも重要なのであり、単に〈読みのモード〉としては片づけられないのだ。

更に、安英姫氏の論が成功しているのは、日本の私小説について論じる氏の立ち位置がよいからである。「西欧自然主義小説から日本自然主義小説へ」において、アリストテレスやプラトンの模倣の描写論、あるいはJ・ジュネットの論が引かれるように、安英姫氏は文学的素養として西洋の文学理論を持っている。しかし、ここまでの内容には、本書のタイトルが『韓国から見る日本の私小説』であるように、韓国人としての視線もまたある。

「ありのままという幻想」の三つの節――「西欧自然主義小説から日本自然主義小説へ」「三人称で告白することは可能か」「言文一致は錯覚であり妄想である」においては、いささか簡便ではあるが韓国近代文学との比較が見られる。例えば、「西欧自然主義小説から日本自然主義小説へ」では、韓国ではじめて〈西欧の自然主義及び日本の自然主義を受け入れた金東仁〉の名があげられ、〈韓国での自然主義及びリアリズムは、個人が暗い内面世界を描く告白小説から、社会現実をリアルに描くリアリズム小説に変化してきた〉ことが述べられる。また、「三人称で告白することは可能か」では、〈近代の西欧及び韓国と日本の自然主義小説家たちは、以前には不可能に見えた「三人称で自分を叙述する告白言説」〉を必要としたことが述べられる。そして、「言文一致は錯覚であり妄想である」では、〈三人称による告白小説を制度として定着させるために〉、近代の韓国と日本の小説が〈動詞と形容詞の多用な変化と活用をなくし、三人称代名詞を補充して文末詞を統一する過程を通して近代化〉したこと、〈このような文体が言文一致体という新しい近代文体として誕生〉したことが政治の中央集権化の問題とともに説明されるのである。

言わば、西洋文学の理論的素養と韓国文学の素養とがいいバランスで働き、西欧／日本／韓国という視野から、日本の私小説を相対化しようとしているのである。安英姫氏における〈韓国から見る〉とは、単純に韓国からの視線だけでなく、もう少し広い地盤の上になっていることが分かる。作者と読者、そして西欧／日本／韓国、多角的な検証の視点をバランスよく使いこなすこと、これこそが安英姫氏の最大の持ち味であると言えるかもしれない。

岩野泡鳴、田山花袋、金東仁《キム・ドンイン》と、安英姫氏はもともと日本と韓国の近代文学における描写論、特にその比較を専門としている。「ありのままという幻想」と「私小説に見る日本人の精神構造」の間に置かれた「私小説の誕生と『蒲団』」、「岩野泡鳴の『五部作』」でも、『蒲団』においては一人称視点と三人称視点の揺れる視点、『五部作』においては初出から改訂版までにおいて意図的に主人公の視点へと切りかえられていく様が精緻に論じられ、読みごたえあるものとなっていた。そのような安英姫氏にとって、韓国文学と日本文学の比較、ひいてはそのもととなった西欧文学との比較を視野に入れた検討は、韓国近代の作家たちが日本の近代文学、更にはそのもとである西欧の近代文学を意識せねばならなかったように、極めて自然なことなのであろう。欲を言えば、これら韓日の近代文学比較の視点がもう少し欲しいところであった。日本の私小説の紹介という性質がら、本書ではこのような視点は最小限に抑えられている。

一方、先にも述べたように、日本独特の文学形式としての私小説と日本の文化、伝統との関わりの考察にいたると、残念なことに安英姫氏自身の見解が少なくなる。それは、「私小説に見る日本人の精神構造」という章によく現れている。例えば、「私小説作家の「書きたがる病」」「主人公に変化がない」「私小説伝統は日記と随筆文学から見つけることができる」といった節には、参考文献としてあげられ、注記（42）においては〈以下の部分はこの本を参照した〉とされているイルメラ・日地谷＝キルシュネライト『私小説―自己暴露の儀式』（一九九二年、平凡社、三島憲一他訳）の影響が強くなり、とたんに紹介といった色合いが濃くなるのである。と同時に、それまで西洋、そして韓国的視点とバランスを保っていた安英姫氏自身の立ち位置も揺らいでいる。例えば、「私小説に見る日本人の精神構造」には、〈西洋的な意味の人格形成と発展を私小説からは考えることができない〉〈日本での私的、公的という概念はヨーロッパでのそれとは異なる〉といった表現がときに見られる。これらの発言については、「では、韓国はどうなのか」という問いをやはり捨てきることができない。社会や個人のあり方が西欧と異なる日本、そしてそういった事情が私小説の誕生の背景と関係していることは、小林秀雄の「私小説論」をはじめたびたび言われてきたことである。韓国からの目線で私小説を考える安英姫氏には、〈私的、公的という概念〉を考えるにあたっても、やはり西欧／日本／韓国という三者の関係を整理するような視点が欲しいところである。西欧とは異なる日本、そして西欧より日本に文化的に近いはずの韓国と日本との違いは何か、そう考えることにより私小説の研究は確実に進展するはずなのである。この点は大変残念に思えるが、これは安英姫氏だけの問題ではないだろう。日本人の研究者においても、西洋の文学理論に依拠したまま、ものを言う人がいるのは周知の通りである。

ともあれ、これまで日本対西欧という図式に囚われてきた日本人の読み手にとって、『日本の私小説』の韓国からの見方、韓国文学との比較の視点は新鮮である。先にも少し述べたように、安英姫氏の専門は比較文学であり、日本においては「岩野泡鳴と金東仁の描写理論―日韓近代小説における告白体小説」（『比較文学研究』二〇〇三年三月）、韓国においては「私小説と身辺小説の間―葛西善蔵と安懐南《アン・フェナム》」（『日本語文学』二〇一〇年二月、韓国・日本語文学会）などを発表している。東京大学大学院に提出した博士論文もまた、「韓日近代小説の小説言説と描写理論」という描写理論の比較であった。この論文は東京大学比較文学会において金素雲賞を受賞しており、現在、韓国語に訳され出版の準備が進んでいるという。これらをより発展させた、韓日近代文学比較という視野からの安英姫氏の総合的な私小説論が待たれる。

また、『日本の私小説』からは、日本で私小説の研究をする者としての反省も促された。それは、参考とされる先行研究が中村、平野の論から、一九九〇年代以後のイルメラ・日地谷＝キルシュネライト論、そして鈴木登美論へと、戦後の私小説論からドイツ、アメリカを拠点とする海外の研究者による論へと飛んでしまう点である。田山花袋の『蒲団』を論じた部分において、日比嘉高『〈自己表象〉の文学史―自分を書く小説の登場』（二〇〇二年初版、翰林書房）をはじめとした最近の研究が引かれてはいるものの、やはりそれは少し寂しいことに思えた。だが、これは現在の日本の私小説研究の現状を物語っているということだろう。私小説が発祥した日本でその研究をする、ある意味とても恵まれた環境で研究を続ける日本の私小説研究者は、海外の研究者の指針となるような新たな論を提示する責務があるということだ。

2、現代韓国小説と日本の私小説

「日本の私小説と『離れ部屋』」は、韓国の現代小説と日本の私小説との類似と相違を論じたものである。なお、ここでとりあげられた『離れ部屋』（一九九五年、文学トンネ社／日本語版二〇〇五年、集英社、安宇植《アン・ウシク》訳）の作者である申京淑《シン・キョンスク》氏は、韓国の現代文学を代表する女性作家である。申京淑氏は、それまで社会性重視だった韓国の文学に個人の内面を重視するという新たな風を起こした作家である。そして、『離れ部屋』は自伝的小説であって、以下に述べるように日本の私小説との類似を多く持った作品である。先にあげた科学研究費補助金事業において、この『離れ部屋』という小説を韓国の研究者たちから紹介されたことは大きな収穫であった。なお、科学研究費補助金事業においては、申京淑氏自身へのインタビューも行っている（前掲「科研費報告書」

所収)。

この「日本の私小説と『離れ部屋』」においても、作者の問題と読者の問題から私小説をとらえるという安英姫氏の基本姿勢は変わらない。〈私小説は、小説がフィクションであることを拒否し、事実であるという新しいパラダイムを作った〉こと、そして、〈今まで韓国には、作家自身が経験した事実をありのままに書かねばならないとする私小説作家も、小説がフィクションであることにこだわらず事実として読む私小説読者もほとんどいなかった〉が、『離れ部屋』で作家は若干のフィクションはあるが、ほとんどありのままに作家が経験した事実を書いた。そして、読者たちは『離れ部屋』を読むとき、それを事実と思って読んだ〉のである。つまり、〈『離れ部屋』は日本文学との影響関係がまったくないにもかかわらず、私小説とほとんど同じ小説構造と読者層を持っている〉のである。安英姫氏は作中の記述から、書いている〈わたし〉が作者である申京淑氏と一致し作品に書かれたことが事実であること、そして作中に現れた先輩の電話から読者もまた『離れ部屋』を事実として読んでいることを丁寧に論証していく。

そして、「日本の私小説と『離れ部屋』」の後半において、作者の問題、読者の問題から以下のような結論が導き出される。

結局、申京淑の『離れ部屋』が、日本の私小説とそっくりな様相で現れたのは時代的な現象として理解せねばならない。一九六〇年代にはメタフィクションという文学現象と、このような文学現象を受け入れることができる条件が備わっていたためである。

安英姫氏も述べているように、中京淑氏は日本の私小説を意識していたわけではない。それでも一九九〇年代の韓国において、日本の私小説と類似した作品が現れ受け入れられたのは〈時代的な現象〉だというのである。その要因としては、まず、作者の問題から〈メタフィクションという文学現象〉があげられている。安英姫氏が『離れ部屋』と日本の私小説との類似点として強調するのは、書くことに対する問いではじまって終わる〈小説家小説〉としての要素である。『離れ部屋』は過去の〈わたし〉と現在の〈わたし〉という二重の構造を持ち、特に現在の〈わたし〉は作品について、書くことについて絶えず自問している。安英姫氏も述べているように、この〈小説家小説〉という形式は、例えば志賀直哉の『和解』や牧野信一の初期作品など、日本の私小説によく現れるものでもある。私小説に対する研究も多い安藤宏氏が『自意識の昭和文学―現象としての「私」』（一九九四年、至文堂）で扱ったのはまさにこの問題であった。「日本の私小説と『離れ部屋』」では、この〈小説家小説〉の問題がポストモダニズムとの関連で説明される。

ポストモダニズムは言うまでもなく、近代において当たり前とされてきたさまざまな価値観を転倒させた。安英姫氏の言葉で言えば、〈今日私たちが信じているものごとの当為性に対する根本的な不信と懐疑〉、〈私たちが信じているリアリティや真理などが固定普遍の真実ではなく、流動的で抽象的な構築物である〉ことを提示したのである。このような考え方の前においては、フィクションとリアリティ、虚構と真実といったさまざまな区分に揺らぎが生じ、書いている作家自身もまた書きながら書くこと自体に迷いを生じることになる。その結果、〈作家が自身の叙述を振り返って疑う自意識的叙述〉＝メタフィクションのような形式が現れる。それは〈現実と虚構との境界と瓦解〉であり、〈人物と読者に選択権を与える開かれた小説〉でもある。〈私たちは、固定化され、定型化されたものを解体する時代に生きている〉のであり、〈最初から小説の筋が正解になっているのではなく、小説を書きながら絶えまなく変化する〉のである。故に、『離れ部屋』の〈わたし〉＝作者も小説を書きながら書くことについて問い続けねばならない。しかも、一九九〇年代以後という時代は、〈個人が比較的安定した生を生きることができた一方で、未来に対するヴィジョンがない不透明な時代〉でもあり、日本の私小説と一致するような〈作家が自身の書くことに対して懐疑する書き方〉がより重要になるのである。

そして、読者の問題としては、このような〈文学現象〉を受け入れる条件が備わっていたためとある。韓国では、〈私小説を一部の作家が試みたが、多くの読者層を持つことはできなかった〉が、〈一九九〇年代以後、多くの女性作家たちが私小説とほとんど一致する小説を書きはじめて、多くの読者層が生まれるようになった。その代表的な作家が申京淑だと言える〉。ここでもまた、ポストモダニズムがキーワードとなる。ポストモダニズムがもたらしたもう一つのものとして、安英姫氏はJ・リオタールが述べたような〈巨大な叙事の時代が過ぎて小さな叙事による解体の時代が到来した〉ことをあげていた。〈既存のリアリズム文学〉は〈個人的実存の問題に対する悩みを内面から描くのに不徹底だった〉という批判が現れたのだ。そして、九〇年代の女性作家たちの作品は、〈作家の私的な日常〉を描き、日本の私小説と類似したものとなって現れた。そこでは〈社会との関係の中での「私」が描かれるのではなく、社会とは塀をめぐらし、むしろ「私」の私的なことだけが問題になった〉。言うまでもなく、「私」の重視と「公」＝社会性の軽視は、日本の私小説の特徴として指摘されることである。韓国において、私小説的な「私」の文学が受け入れられた背景にはまずはこのような事情があった。

だが、『離れ部屋』に限って言えばそれだけではない。安英姫氏も指摘するように、『離れ部屋』は一個人の内面の告白ではあるが、同時に〈七〇年代末の離農の形相と広範囲に形成された都市貧民層の生活〉や、劣悪な条件と環境の中で働かされる〈その時代の傷を負って疲れ切った女工たちのあり様〉など、〈七〇年代後半から八〇年代はじめまでの時代の様相〉を詳細に描いているのだ。私的なことを書きながらも、〈社会的な側面が軽視〉されることはなく〈社会の中での〈わたし〉〉が描かれているのである。個人性と社会性の融合が『離れ部屋』という作品の特徴なのであり、『離れ部屋』が日本の私小説に似た私的な内面を描きながらも、日本の私小説にはない〈社会の中での〈わたし〉〉を描き得たこと、そういう日本の私小説とはまた違った申京淑流、あるいは韓国流の自伝的小説／私小説だからこそ、読者により広く受け入れられたのである。それは言い換えれば、日本の私小説が〈西洋近代文学を誤解したのではなく、日本に適合する形に変化させたように〉、〈申京淑の『離れ部屋』が韓国に適合した小説として変化させたからだし、これに読者たちが呼応した〉ということになる。

安英姫氏の論、そして引用されたさまざまな文献類からは、韓国における『離れ部屋』理解を知ることができ興味深い。これらもまた若干の差異はあるものの、全体としてポストモダニズム文学の流れの中で『離れ部屋』という作品を理解している。とすれば、日本の現代文学に『離れ部屋』のような新しいタイプの私小説を期待することもできるのかもしれない。安英姫氏の論はあくまで『離れ部屋』中心に論じたものなので、日本の私小説における小説家小説、メタフィクション的な自己言及の要素については特に追究されていない。また、ポストモダニズム思想と『離れ部屋』、あるいは九〇年代韓国の女性作家たちの作品との関係は明らかになったものの、これらと日本の私小説との関係についてはもう少し検証が必要であろう。だが、それについては安英姫氏の研究の進展を期待すると同時に、これから日本の研究者たちが取り組んでいくべき問題であり、この「日本の私小説と『離れ部屋』」がその先駆けの役割を果たしてくれたことは間違いない。本書に収められた安英姫氏の仕事は、いずれも日本の私小説を考える上での新たな見方を示してくれるものである。

3、韓国の自伝的小説——日帝時代

ここまで、主に本書について述べてきた。ここからは、あわせて韓国文学と私小説との関わりを追った二つの試みを紹介しておきたい。一つは日帝時代の韓国の自伝的小説を集めた方珉昊《バン・ミンホ》氏編集の『韓国の自伝的小説』（1、2巻、二〇〇四年、韓国・ブックポリオ）、もう一つは一九二〇年代、そして五〇年代から九〇年代までの韓国の私小説を追った姜宇源庸《カンウ・ウォンヨン》氏の試みである。先の四つの論点で言えば、方珉昊氏の仕事は③に該当し、姜宇氏の論は主に③④、広い目で見れば①の論点をあわせ持っている。

まずは、方珉昊氏編集の『韓国の自伝的小説』である。『韓国の自伝的小説』は、タイトル通り韓国における自伝的小説、特に一九四八年以前日帝時代のものを集めている。方珉昊氏によれば、〈韓国の自伝的小説の多彩でありながらも共同的な様相を一九四八年以前と以後に分けて見せる〉ことにしたのであり、ここでとりあげた二冊はその〈最初の作業〉に該当するという。これらは私小説ではなく、「自伝的小説」と銘打たれている。だが、前書きである「苦痛と悲哀と喪失の記録」を読むと、方珉昊氏が自伝的小説に関心を持ち、本書の企画を思いたったのは、日本の私小説との関わりが深いことが分かる。それまでリアリズム一般などの西洋の理論によりかかって韓国の小説現象を分析していた方珉昊氏は、〈韓国の現代小説を勉強する人にとって一番重要な役割は、「韓国現代小説」という現象の特殊性を解明することにあるということを悟ることになった〉という。このような氏の変化に大きな影響を与えたのが、「近代リアリズム批判」という副題を持ち、日本のリアリズム、特に私小説という日本的な小説様式の本格的省察を目指した中村光夫の『風俗小説論』だったというのである。〈日本の私小説がリアリズムに対しての日本的な理解方式を見せてくれる〉ことから、同様の作業、韓国の自伝的小説の検証を通して

〈韓国小説の本質的な特徴を発見することができそうだ〉と方珉昊氏は考えたのである。それは更に言えば、近代における社会と個人の関係について考えることである。

まず、方珉昊氏は西欧と日本におけるそれぞれの特徴を以下のように述べている。

近代小説の大主題が個人の個人であることを発見するのにあることは皆が知っている事実だ。西欧や日本のように独自に近代化に至った社会の小説で、このような発見は社会から個人の距離を描写する方式として出来あがった。社会、または他者の理想がすぐ「私」自身の理想になることができないところから来る内面的欠乏感が、近代小説の大主題を作ったのだ。西洋のように社会が個人の意味を形成し限定する明確な実体として登場したり、日本のように文壇が一つの社会として未発達な近代社会の代わりの役割をしたり、小説は個人の社会からの距離、距離感、よって他者と対比するそのままの欠乏感と欲望と思弁を吐露する手段になる。

そして、西洋と日本の違いについては、〈西洋では作家が社会や時代を全体的に描写しながらそのような個人の存在を吐露するのに比べ、日本では作家が自己自身を直接問題的個人として描写する点〉をあげ、作家自身が作品の唯一の主人公であるために、〈日本の小説で、社会や時代は十分に客観的になることができないまま、作家自身の主観に投影された客観として限定されて現れた〉とする。このような視点から、方珉昊氏は〈韓国の現代小説では、このような社会と個人の問題がどのように現れるのか〉を問うのである。方珉昊氏もまた、西欧／日本／韓国という視野をもって、韓国文学を考えようとしている。

その結果、方珉昊氏が得た〈最初の結論〉は、以下のようなものであった。〈韓国が西欧及び日本と異なる点は、近代化の過程が即植民地化の過程だった点〉であり、〈形成期韓国の現代小説は植民化過程、植民地の状態に置かれた社会の小説であった〉ことだ。そういう状況にあって、作家たちは〈彼等自身特別な個人として彼等自身の問題を置いて悩まねばならなかったが、同時にまたはそれより前で、彼等の前に置かれた祖国の現実及び状況を問題視しないではいられなかった〉。それ故、〈韓国の現代小説で主人公は個人自体として、つまり社会及び他者と区別され、それらと距離を持つ存在、内面性を確保した存在として現れたというよりは、歴史的現実の一部として、時代の問題を自己の問題として設定した存在として現れた〉のである。〈彼等の内面性〉は現実を苦悩する方へ発達していき、〈自身の固有な問題〉に熱中する方へは向かわなかった。韓国の作家には、〈自己をあるがままに見せてくれる、表現するという「純真な」エゴイスト〉はいないのである。このような特質が韓国の自伝的小説からは見られるという。以下、それぞれに掲載された作品である。

1巻『花を失い私は書く』（掲載順）

姜敬愛《カン・ギョンエ》「原稿料二〇〇ウォン」（「新家庭」一九三五年二月）、李箕永《イ・ギョン》「五姉妹の父」（「開闢」一九二六年四月）、玄鎮健《ヒョン・ジンコン》「酒を勧める社会」（「開闢」一九二一年、月の記載なし）、廉想渉《ヨム・サンソプ》「標本室の青蛙」（「開闢」一九二一年八～一〇月）、李光洙《イ・クワンス》「鬻庄記《ユッジャンキ》」（「文章」一九三九年九月）、李箱《イ・サン》「失花」（「文章」一九三九年三月）、韓雪野《ハン・ソリャ》「太陽」（「朝光」一九三六年二月）、金南天《キム・ナムチョン》「ともしび」（「国民文学」一九四二年三月）、兪鎮午《ユ・ジノ》「滄浪亭記」（「東亜日報」一九三八年四～五月）、李泰俊《イ・テジュン》「涓江冷」（「三千里文学」一九三八年一月）、蔡萬植《チェ・マンシク》「民族の罪人」（「白民」一九四八年一〇月～一九四九年一月）

2巻『仇甫氏の顔』（掲載順）

李光洙「尹光浩」（「青春」一九一八年四月）、崔曙海《チェ・ソヘ》「白琴」（「新民」一九二六年二月）、朴泰遠《パク・テウォン》「小説家仇甫氏の一日」（「朝鮮中央日報」一九三四年八～九月）、金裕貞《キム・ユジョン》「兄」（「鑛業朝鮮」一九三九年一一月）、李箱「逢別記」（「女性」一九三六年一二月）、安懐南「故郷」（「朝光」一九三六年三月）、李泰俊「孫巨富」（「新東亜」一九三五年一一月）、姜敬愛「山男」（「新東亜」一九三六年八月）、金東仁「逝かれた母」（「朝光」一九三八年三月）、韓雪野「娘」（「朝光」一九三六年四月）、蔡萬植「家」（「春秋」一九四一年六月）、池河連《ジ・ハリョン》「山道」（「春秋」一九四二年三月）

なお、方珉昊氏は、自伝的小説は読者が主人公と著者が何となく似ていると感じる段階から、そっくりそのままと感じる段階まで幅広いとするF・ルジュンヌ『自伝契約』（一九九三年、水声社、花輪光訳）を引いたあとで、特に『仇甫氏の顔』に収められた作品群が李洸水の「尹光浩」と姜敬愛の「山男」を除き〈それ自体として作家自身の話であり、作中の主人公と作家の間に横たわる類似性を相当な水準で発見し立証することができる狭い範疇の自伝的小説に入るだろう〉としている。これらの発言は、『仇甫氏の顔』に収められた多くの作品群が著者と主人公がほぼ同一である日本の私小説に極めて近い自伝的小説であることを示してくれる。私小説もまた、日本の自伝的小説の一種である。すでに述べたように、これら韓国の自伝的小説の特質は方珉昊氏が分析しているが、これらの作品と更に比較していくことで日本の私小説の特質もより明らかになると思われる。

4、韓国文壇における私小説の変遷——一九二〇年代及び五〇年代～九〇年代

そして、姜宇源庸氏による「日本と朝鮮半島における自然主義文学」（「法政大学大学院紀要」二〇〇四年三月）「韓国の私小説—解放後の道程」（前掲「科研費報告書」所収）を読むと、近代から現代までの韓国文壇における私小説事情の概略をつかむことができる。それらをまとめて言えば、留学世代により日本文学、特に自然主義の影響が強かった一九二〇年代は各作家がさまざまに影響を受けながらも、日本による支配という朝鮮の現実を前に民族文学として独自の発展を遂げていった。一方、日本から解放された一九五〇年代以後から九〇年代まで、韓国の文壇でも独自の私小説作品が書かれ私小説として批評されていたという。なお、これら姜宇氏の論は、発表媒体を見れば

分かるように、ここで取りあげている三者の論の中では唯一日本語で書かれ日本の媒体に発表されたものである。

まず、「日本と朝鮮半島における自然主義文学」は、近代において日本文学の影響を強く受けた韓国文学と日本の自然主義、私小説との関係を論じたものである。それによると、日本への留学世代によって輸入された朝鮮の初期近代文学は、日本の影響を色濃く受けていた。先にも触れたように、日本による植民地化という事情から、韓国では、西洋から文学思潮を輸入した日本、更にその日本を経由して近代文学を学ばねばならなかった。特に、一九二〇年代の写実主義、自然主義はその傾向が強かった。だが、二〇年代も後半になると日本とは違った展開を見せることになるという。姜宇氏は、四人の作家の日本文学からの影響とその後の変化をとりあげそれを裏づける。まずは、安英姫氏も論じている金東仁で、彼は特に文芸理論において日本の影響を強く受け、岩野泡鳴の「一元描写論」を発展させた〈一元描写〉〈多元描写〉〈純客観描写〉のような独自の描写論を提唱していた。そして、〈暴露〉〈幻滅〉を強調した廉想渉《ヨム・サンソプ》には、日本の自然主義、特に長谷川天渓の影響が色濃く見られる。また、初期プロレタリア文学に影響された崔曙海《チェ・ソヘ》は、自ら経験しないことは書かない〈経験主義〉を主張した。だが、これらの作家はそれぞれ日本の自然主義と共通するキーワードを取り入れながらも、いずれも民族の現実を写し解放を求めるという韓国の現実を見据えた方向へと向かっていった。その中には、玄鎮健《ヒョン・ジンコン》のように初期において、日本の私小説に大変近い要素を持った小説を書いた作家もいたが、他の作家と同じように後には朝鮮（韓国）の現実を批判的に描き出す作風に変わっていくという。結果、私小説的な作風は一時的なものとなり、韓国の自然主義は民族文学・階級文学として昇華していくのである。このような韓国文学の特徴は、方珉昊氏の指摘とも共通している。

そして、「韓国の私小説―解放後の道程」では、韓国における解放、すなわち一九四五年の日本の敗戦による植民地支配からの解放を起点に、五〇年代～九〇年代まで順を追って韓国における私小説の変遷がたどられる。姜宇氏によれば〈〈私小説は日本にしか存在しない〉という論は成立〉せず、仮に〈日本の〈伝統的〉で〈正統的〉な私小説〉があったとして、それとは異なるものの〈韓国にも私小説が厳然として存在している〉という。そして、一九四五年の解放以後〈韓国の文壇で私小説が言及された例〉、しかも〈すべて日本文学での私小説を説明したものではなく、韓国文学の範疇に属する用語として私小説を直接取り上げた例〉をあげることで、そのことを論証していく。

各年代の内容を簡単に紹介すると、五〇年代の韓国文壇において、私小説は日本由来のものとしてではなく韓国の文学用語として定着するという。そこでは、日本の文壇でも見られたような私小説に対する警戒や限界も述べられていた。この理由としては、解放後すぐであったため日本を取り上げることが禁忌に近かったこと、また、あえて言及することがなくても〈私小説が日本から来たことは当たり前の事実として暗黙のうちに認識されていた〉と推測されている。六〇年代になっても私小説に対する批判は続くが、〈「そのまま日本の模倣」になってはいけないという提言〉が見られ、五〇年代とは変わって私小説が日本由来のものであることが明示されている。この理由については、解放後約二〇年が経過し一九六五年に基本条約が結ばれるなど、韓国と日本の関係性の変化が考えられるという。七〇年代にも、日本のように私小説だけを書く作家はいないものの、私小説はいろいろな作家によって書かれている。八〇年代は申京淑氏の『離れ部屋』の作品の背景となった時代でもあり、韓国は軍政の抑圧とそれに対抗する民主化運動との緊張がもっとも高まった時期で、私小説を問題にする余裕はなく当然用語もほとんど見られない。

注目すべきは九〇年代である。一九八九年の冬に「現代小説」という文芸誌が創刊され、一九九二年秋の休刊にいたるまで、「自伝的私小説」という枠組みのもと毎号、私小説を掲載したのだという。創刊号から12号まで掲載された一二編の「自伝的私小説」は、いずれも作家自身を思わせる小説家を主人公とし、語り手と視点人物が密着し、私小説の要件を充たしているという。一二編の内容は、ソン・ヨン「遠くにある部屋」、ユン・フミョン「簡易列車に関する報告書」、ジョ・ヨンヒ「浮遊する部屋」、ムン・スンテ「少年日記」、キム・ウォヌ「頭の中の都市」、ユ・スンハ「ある自由主義者の失踪」、ハム・ジョンイム「物語、落ちる仮面」、アン・ジョンヒョ「徒労の果て」、ファン・チュンサン「灰色記」、イ・スンウォン「資本家よ、団結せよ」、ハ・ゼボン「ブルースハウス」、ヒョン・ギルオン「死についてのいくつかの挿絵」である（姜宇氏に倣い、作家名はカタカナ表記としている）。

最終的に姜宇氏は、〈一九五〇年代から一九九〇年代まで私小説は日本文学ではない韓国文学の一部として実在した。時には日本の私小説とまったく無関係に、そして場合によっては日本の私小説を意識してそれと差別化を図ろうとする努力もあ〉り、これらはもともと日本のものであったとしても〈韓国の私小説は韓国で育った韓国文学にほかならない〉とするのである。

だが、一九九〇年代以降は、孔枝泳《コン・ジヨン》『楽しい私の家』（二〇〇七年、韓国・パランスプ／日本語版二〇一〇年、新潮社、蓮池薫訳）のような暴露型の私小説に近い家庭小説も発表されたりしているにもかかわらず、私小説は文学辞典などにおいて〈日本特有の小説形式〉と説明され、日本文学であり外国文学の一種という考え方が広まっているという。解放後（戦後）継続して韓国文壇で使われていた私小説という用語が、なぜ最近では日本だけのものということになったのか。この点を、姜宇氏は五〇年代からの継続性と「自伝的私小説」がつい一〇数年前まで使われていたことから、韓国で認識されている私小説受容は〈実際ではない推論が一般化してしま〉った一例であるとするのである。これについては、ここまで述べてきたことから考えるに、『日本私小説の理解』をはじめ、九〇年代後半から日本の私小説に関する論が続けて出版されたことが関連しているかもしれない。

いずれにしても、姜宇氏が指摘するように、これら韓国の私小説がたとえ少数であったとしても、一つの系譜としてあるとするなら私小説の研究としてはとても興味深い。韓国の私小説と日本の私小説の実作を比較することで、互いの特質を照らし出すことが可能かもしれないからだ。また、姜宇氏の論を読んで気になるのは、一九二〇年代に根付くことのなかった私小説が一九五

○年代以後、なぜ書かれるようになったのかということだ。太平洋戦争を挟んだこの前後の状況、そして近年の用語の変化、このあたりについてはおって検証をする必要があるだろう。

以上、本書に収められた安英姫氏の論、そしてここで紹介した方珉昊、姜宇源庸両氏の試みによって、韓国における私小説研究の現況が多少なりとも明らかになったのではないだろうか。日本の私小説の紹介、定義の試み、韓国の近現代文学との関わりの検証など、研究はすすみはじめている。なお、私小説の研究に韓国という視野が加わることとの最大の利点は、特に『日本の私小説』のところで述べたように、西欧／日本／韓国という比較の視点が開かれたことであろう。日本の私小説を考えるにあたっては、私小説の検証がはじまった大正期より西欧の小説と比較する視点が主流であった。私小説を肯定するにしても否定するにしても、西欧文学との違いから見る日本的特徴が言われるのが一般的であった。それは戦後まで続き、安英姫氏や方珉昊氏が引いていた小林秀雄や中村光夫の論も、一九世紀西欧文学との関わりから日本の私小説の特色を分析したものである。その西欧よりも文化的に近い背景を持ちながらもまた異なる、韓国という鏡が加わることにより、西欧／日本／韓国という比較の図式が可能となったのである。この構図は、更に西欧／日本／東アジアと広がる可能性を含んでいる。また、こういう視野からの検証は、日本の私小説だけでなく、韓国の自伝的小説、ひいては韓国文学の特徴を考えるにあたっても有効であることは、方珉昊氏の仕事、韓国の自然主義文学を検証した姜宇氏の論に見てきた通りである。

一方で、日本の私小説と現代の韓国の私小説という点からは、大きな疑問が残った。ここでは、西欧／日本／韓国との関係性もまた不透明である。安英姫氏の「日本の私小説と『離れ部屋』」、姜宇氏の「韓国の私小説─解放後の道程」では、ともに一九九〇年代に韓国で私小説的な作品が書かれたことが指摘されていた。だが、ポストモダニズムという観点からそれを説明する安英姫氏と、韓国において五〇年代から続く一連の私小説の流れとしてとらえる姜宇氏には差異も見られた。安英姫氏のように考えればそれは日本とは直接的に関係ない現象であるし、姜宇氏のとらえ方であれば日本の私小説をその契機とし韓国文学として発展したものであるからだ。両者がそれぞれあげる九〇年代の私小説、及びそれに近い作品群は似て非なるものなのか。非常に興味深い問題である。今後、九〇年代の女性作家たちの作品、そして「現代小説」に掲載された作品群、更には『韓国の自伝的小説』と、具体的な作品とのより多角的で詳細な研究をはじめなすべきことは多い。韓国と私小説というテーマは、まだまだ広がる可能性を持っている。そのためにも、まずはこれらの作品が日本でも幅広く読まれるよう翻訳も必要であろう。これら近代と現代を視野に入れた私小説と東アジアの問題もまた、しかりである。

また、ここではアジアを強調しているが、西欧をはじめとした他の国からの視点もやはり必要である。小林秀雄や中村光夫のやってきたことは、あくまで西欧文学に造形が深いとはいえ、日本人によるものである。キルシュネライト氏や鈴木登美氏に続く研究はまだまだ必要であり、さまざまな視点、比較の対象を得ることで特異とされる日本の私小説の特徴は明らかになっていくはずなのである。本書を日本において翻訳上梓できたこともまた、研究の相互交流、国際化のための一つのステップである。まずは、この安英姫氏の『韓国から見る日本の私小説』が、私小説、広くは日本文学の研究に携わる多くの人々にとっての刺激となることを期待したい。最後に、私小説の研究の国際化と隆盛を願うとともに、本書の出版を引き受けてくださった鼎書房はじめ、関係者諸氏にこの場を借りて心より深謝申し上げる。

著者紹介

安　英　姫（アン・ヨンヒ）

韓国・嶺南大学校講師。韓国・啓明大学校日本学科卒業。日本・東京大学大学院で比較文学修士取得。同大学院で「韓日近代小説の小説言説と描写理論―田山花袋、岩野泡鳴、金東仁」で博士学位を得る。博士論文で金素雲賞受賞（『韓日近代小説の文体成立―岩野泡鳴、田山花袋、金東仁』として、韓国・ソミョン社から出版予定）。

訳者紹介

梅澤亜由美（ウメザワ・アユミ）

法政大学非常勤講師。法政大学大学院博士課程単位修得満期退学。研究誌「私小説研究」、「科研費報告書」『アジア文化との比較に見る日本の「私小説」』（二〇〇八年三月）を編集。論文に、「日韓言語比較から見る「私小説」―志賀直哉『城の崎にて』を視座として」（前掲「科研費報告書」）。

韓国から見る日本の私小説

発行日　二〇一一年二月一〇日
著　者　安　英　姫
訳　者　梅澤亜由美
発行者　加曽利達孝
発行所　鼎　書　房
〒132-0031　東京都江戸川区松島二―一七―二
TEL・FAX　〇三―三六五四―一〇六四
印刷所　太平印刷社
製本所　エイワ

ISBN978-4-907846-76-3　C0095